A LONG
WALK TO WATER

漫 漫 求 水 路

蒲公英 海外优秀儿童文学书系

漫漫求水路

[美]琳达·休·帕克 著　肖毛 译

贵州出版集团
贵州人民出版社

目 录

第一章　枪　声　　　　　　1

第二章　逃　生　　　　　　7

第三章　落　脚　　　　　　13

第四章　饥　饿　　　　　　19

第五章　朋　友　　　　　　25

第六章　狮　子　　　　　　32

第七章　噩　耗　　　　　　37

第八章　帐　篷　　　　　　43

第九章　沙　漠　　　　　　49

第十章　绝　望　　　　　　54

第十一章	难民营	61
第十二章	吉洛河	66
第十三章	信　念	71
第十四章	希　望	77
第十五章	新　生	84
第十六章	意　外	91
第十七章	重　返	97
第十八章	相　逢	104
萨尔瓦·杜特的话		108
作者后记		110

第一章 枪 声

2008年：南苏丹①

前进。前进很轻松。

大大的塑料水桶里只装着空气。尼娅才十一岁，个头却不矮，可以用两只手轮流拎起水桶，也可以把它挥起来背在肩上，或者抱在怀里。她甚至还可以拖着水桶走，每走一步，水桶都会在地上蹦蹦跳跳，扬起一小片灰尘。

尼娅走得很累。一路上，没有风，只有热。离中午还有好久，太阳却已经把空气烤热了。就算她不停地赶路，也要走上半个早晨。

酷热，长路，还有荆棘。

1985年：南苏丹

萨尔瓦在长椅上盘腿而坐，一直面朝前方，双手交叉，腰板笔直。除了眼睛和思绪，看起来他好像注意着

---

① 书中提到的"南苏丹"，指的是当时的苏丹南部地区。——编者注

老师。

他的眼睛一直盯着窗外。透过窗户，他可以看见那条路，回家的路。只要再过一会儿——再过几分钟——他就可以走在那条路上了。

老师没完没了地讲着阿拉伯语。在家里，萨尔瓦说的是他们部落的丁卡语。在学校，他却要学习阿拉伯语——一种远在北方的苏丹政府的官方语言。再过一次生日，萨尔瓦就十二岁了。他是个好学生，事先预习过这堂课的内容，所以才会任凭思绪飘向面前的那条路。

萨尔瓦清楚得很，能够上学是一件多么幸运的事。但他没办法一整年都上学，因为到了旱季，他们家就会从村里搬走。可是，到了雨季，只用半个钟头，他就可以从家里走到学校。

萨尔瓦的父亲是个有地位的人，拥有好多的牛，又是村里的法官——那可是最受尊敬的职位。萨尔瓦有三个兄弟和两个姐妹。他和三个兄弟只要到了十岁左右，就都可以去上学。最先上学的是萨尔瓦的两个哥哥阿瑞克和里格，去年轮到了萨尔瓦。他的两个姐妹阿基特和阿加丝都没有去上学。和村里的其他女孩一样，她们只能留在家里，跟着母亲学习料理家务。

大多数时候，萨尔瓦都为能够上学而感到高兴，但

第一章 枪 声

有时却巴不得留在家里放牛。

放牛时,他们四兄弟连同父亲和其他妻子生的儿子,会带着牛群走到水池附近,那里有茁壮的牧草。他们按年龄分工——萨尔瓦的弟弟库奥勒现在只需要照看一头奶牛,但他每年都会照看很多,就像哥哥们以前那样。在上学之前,萨尔瓦不但要帮着照看整个牛群,还要照顾弟弟。

男孩们必须留心奶牛,但实际上奶牛们并不需要太多的照看,这给了他们足够的玩耍时间。

萨尔瓦和其他男孩喜欢用黏土捏奶牛。谁捏出来的奶牛越多,谁就越富有。可是,你的奶牛一定要捏得漂漂亮亮、壮壮实实的。男孩们为了能用一块黏土捏出一头好模样的奶牛,往往要花费好多时间。他们还经常互相挑战,看谁捏的奶牛最多最好。

有时,他们会用小动物或鸟儿当靶子,练习射箭。虽然现在他们还不太精通箭术,但偶尔也会有手气不错的时候。

那真是最美好的时光呢。要是他们当中的一个好不容易射死了一只地松鼠或者野兔、珍珠鸡、松鸡之类的猎物,他们就不再乱射了,因为接下来就会有好多活儿要干了。

漫漫求水路

有的人要去捡拾木柴，准备生火。其他的人要帮着清洗猎物，去毛、开膛，然后把猎物放到火上烤。

每到这个时候，他们都会吵吵嚷嚷的。对于应该怎样生火，肉需要烤多久，萨尔瓦总是有自己的看法，其他人也是这样。

"火要再大点儿。"

"火很快就会灭的，我们需要更多的木头。"

"不，火已经够大了。"

"赶紧翻个儿，要不就煳啦！"

肉汁滴落下来，嗞嗞作响，空气中飘满了香味。

最后，他们再也忍不住，开始吃起来。虽然猎物只够每个男孩吃几口，可是，哎呀，吃起来可真香啊！

萨尔瓦咽了口口水，将目光转向老师。真希望刚才没有想起那些时光，因为那些记忆让他感到饿得慌。牛奶……回家以后，他可以先喝一碗鲜牛奶，把肚子填得饱饱的，可以一直坚持到吃晚饭。

他知道，回家时将会看到什么情景。母亲停下手中的活儿，站起来，走到房子对面那条路的一侧，用一只手遮住阳光，寻找他的身影。他远远地望见她的鲜橙色头巾，还会挥起手臂打招呼。等他走到家门口，母亲就

第一章 枪 声

会从屋里端出给他准备好的牛奶……

砰!

声音从外面传来。枪声?或者只是汽车爆胎的声音吧?

老师暂时停下讲课,教室里的脑袋都转向窗户。

什么事都没有,外面静悄悄的。

老师清了清嗓子,把男孩们的注意力吸引回教室前方,然后接着讲课。就在这时——

砰!砰——砰——砰!

砰——砰——砰——砰——砰——砰!

是枪声!

"大家都趴下!"老师大喊。

有的男孩立刻低下头,趴了下去,其余的却瞪圆眼睛,张大嘴巴,坐在那儿愣住了。萨尔瓦双手抱头,惊恐地往两边看。

老师沿着墙壁慢慢挪动到窗前,往外瞥了一眼。枪声停止了,但男孩们能听到人们的喊叫和奔跑声。

"大家快跑,"老师说,声音低沉而又急促,"往丛林里面跑。听见没有?别回家,别往家跑。他们会进村的,离村子远点儿,往丛林里面跑!"

他走到门口,又往外看。

漫漫求水路

"大家快跑!马上!"

这场战争①已经打了两年。萨尔瓦不太明白为什么打仗,但他知道,那些反抗北方政府的人来自苏丹南部,就是他和家人居住的地方。

两年里,战火一直向南苏丹各地蔓延,这会儿终于波及萨尔瓦居住的地方。

男孩们赶紧站起来,有些人哭了,老师急忙催促他们出门。

萨尔瓦排在队尾,他感觉他的心猛跳着,在嗓子眼和耳边怦怦作响。他真想大喊:"我要回家!我非回家不可!"可是,从嗓子眼发出的剧烈的心跳声淹没了他的话。

他来到门口,向外看去,每个人都在奔跑——男人、孩子,还有抱着婴儿的女人。空气中弥漫着飞奔的双脚踢起的灰尘。还有人一边大喊,一边挥舞枪支。

萨尔瓦一眼就瞥见了这一切。

于是,他也跑起来,拼命地跑进丛林里。

远离家园。

---

① 译注:这场战争(The war),指第二次苏丹内战(1983—2005年)。

第二章 逃 生

2008年：南苏丹

尼娅放下水桶，坐在地上。她一直尽量避开路边带刺的植物，但它们的刺掉得满地都是，而她莫名其妙地踩到了一根。

尼娅没有鞋子。她光着脚丫走路，就像村里的多数人那样。她的脚底板仿佛结实粗硬的皮革，有一根刺又大又犟，非要扎进她的左脚跟，却又在半道上折断了。

尼娅挤了挤那根刺周围的皮肤，然后捡起另一根刺，用它去挑脚上的那根。她紧抿双唇，忍住疼痛。

好半天她才把脚上的刺挑出去，但不知道是不是除干净了。她还能看见一个黑点，希望那只不过是泥点，而不是刺尖。

1985年：南苏丹

轰隆！

萨尔瓦边跑边扭头看。他的身后升起了一团又大又黑的烟云，一道道火舌从烟云的底部向外猛喷。一架喷气式飞机突然从他的头顶转身飞走，就像一只优美而又邪恶的鸟。

在烟云和灰尘之中，他再也看不到学校。他被绊了一下，差点儿摔倒。萨尔瓦不再回头看了，那会让他的速度慢下来。

他低下头，奔跑起来。

萨尔瓦一直跑，跑不动就走。几个钟头以后，太阳快要从空中坠下去了。

其他人也一直在走。他们人数那么多，不可能都是从村里的学校跑出来的，肯定是来自那一带的各个地区。

跟随着脚步的节奏，萨尔瓦边走边不断地琢磨着同样的问题。

我们要往哪儿去？我的家人在哪里？什么时候我才能和他们再会呢？

当天黑得看不清道路时，人们停下了脚步。起初，每个人都犹豫不决地站在那里，或是紧张地低语，或是吓得不敢吭声。

然后，一些人聚集起来，谈论了一会儿。他们当中

第二章 逃 生

的一个大喊:"村民们,请以村为单位集合,你们会找到熟人的!"

萨尔瓦来回走了一阵子才听到有人喊:"卢纳-阿瑞克!卢纳-阿瑞克村的,到这儿来!"

他放心了。他就是卢纳-阿瑞克村的!他赶忙朝着那个声音跑去。

道路的一侧有十几个人,随随便便地站在一起。萨尔瓦扫视着他们的脸。这里没有他的家人。他认识其中的几个人——一个抱着婴儿的女人、两个男人、一个十几岁的女孩——但没有一个是他的熟人。不过,看到他们的时候,他还是感到安慰。

他们在路边就地过夜,男人们负责轮班放哨。第二天早晨,他们继续前进,萨尔瓦与卢纳-阿瑞克村的其他人走在人群的中间。

午后,他看见一大群士兵,就在前面的路上。

"他们是反对势力的。"这句话在人群中穿过。那些人是反对势力,正在跟政府打仗。

几个反对势力的士兵在路边等待着,萨尔瓦从他们身边走了过去。他们每个人都端着一杆大枪,虽然枪口没有指向人群,但他们看起来凶恶而又警惕。几个站在路边的士兵跟在人群后面。现在,村民们被那些士兵围住了。

他们想对我们怎么样？我的家人在哪儿？

那天晚上，村民们来到士兵的营地。士兵命令村民们分成两组——男人在一组，女人、孩子和老人在另一组。十几岁的男孩似乎被当成了男人，因为凡是看起来仅仅比萨尔瓦大几岁的男孩都加入了男人那一组。

萨尔瓦犹豫了一会儿。他只有十一岁，但他是大人物的儿子。他是萨尔瓦·马维恩·杜特·阿瑞克，他们村就是用他的祖先的名字命名的。他的父亲总是告诉他，应该像男子汉那样做事——不但要向两个哥哥学习，还要给弟弟库奥勒做个好榜样。

萨尔瓦朝着男人那一组走了几步。

"嘿！"

一个士兵端起枪走近萨尔瓦。

萨尔瓦猛地停住脚步。那杆枪向他的脸靠近时，他只能看见黑黢黢的大枪筒。

枪口碰到了他的下巴颏。

萨尔瓦感觉，他的膝盖软得似乎化成了水。他闭上双眼。

要是现在死去，我就再也见不到家人了。

不知道为什么，这个想法让他变得坚强起来，硬是

第二章 逃 生

没有被吓倒。

他深吸一口气,睁开双眼。

那个士兵只是用一只手端着枪,并没有瞄准。他用枪抬起萨尔瓦的下巴,想要好好瞧瞧萨尔瓦的脸。

"到那边去!"那个士兵说。他放下枪,用它朝着女人和孩子那一组指了指。

"你还不是男人呢,别那么猴急嘛!"那个男人笑着说,拍了拍萨尔瓦的肩膀。

萨尔瓦急忙走到那些女人的身边。

第二天早晨,反对势力的士兵从营地开拔时,强迫分到男人那一组的村民搬运枪支、迫击炮、炮弹和无线电通信设备。萨尔瓦亲眼看见,有个男人抗议说不想跟着他们走,结果被一个士兵用枪托击中脸部,倒在地上,鲜血直流。

从那以后,那些男人当中再也没有表示反对的。他们扛起沉重的武器和装备,离开了营地。

其他村民继续赶路,选择的方向与士兵们的相反,因为那些士兵走到哪里,哪里就会有战争。

萨尔瓦跟着卢纳-阿瑞克村的人一起走。他们村的人数现在更少了,男人们都已离开。萨尔瓦是唯一的男孩，如果不算那个婴儿的话。

那天晚上，他们发现了一个谷仓，于是就停下来在里面过夜。萨尔瓦躺在令人发痒的干草上，不安地翻来覆去。

我们要往哪儿去？我的家人在哪里？什么时候我才能和他们再会呢？

折腾了好久，他才睡着。

即使没有完全清醒，萨尔瓦也感觉到出事了。他紧闭双眼，纹丝不动地躺着，想知道会是什么问题。

最后，他坐起来，睁开眼睛。

谷仓里只剩下他一个人。

由于起得太快，有那么一瞬间，萨尔瓦感觉到一阵头晕。他冲到门口，向外看去。

没有人，一个人都没有。

那些同村的人离开了他。

萨尔瓦现在孤身一人。

第三章 落 脚

2008年：南苏丹

尼娅向地平线上的污点走近时，污点的颜色加深了，从烟灰色变为橄榄绿，脚下的泥土变成泥浆，跟着是烂泥。最后，她走到齐膝的水里。

水池周围总是生机勃勃的。那里有其他人，多是过来打水的女人和女孩；也有各种鸟儿，扑扇着翅膀，唧唧呱呱地鸣叫；还有牛群，跟着小牧童走向茁壮的牧草。

尼娅把空空的葫芦从塑料水桶的提手上解下来。她舀起一葫芦褐色的泥水，喝了下去，一口气喝了两葫芦才感觉凉快了些。

尼娅把水桶装得满满当当的，又把葫芦系到提手上，然后从衣袋里拿出一个带有布垫的圆环。她打算先在头顶放上圆环，再放上沉甸甸的水桶，然后用一只手托住。

尼娅知道，回家时要比来时走得更久，因为她要头顶一桶水，而且那根刺在脚底扎出的伤口还是那么疼。要是不出什么问题的话，她中午就可以到家了。

1985年：南苏丹

萨尔瓦眼里含着泪。大家都到哪儿去了？他们走的时候，干吗不把他叫醒呢？

他想，他知道原因——因为他是孩子，也许动不动就会喊累，拖慢他们的速度，还会哼哼唧唧地吵肚子饿，甚至惹麻烦。

我决不会惹麻烦！我决不会哼哼唧唧！……可现在，我该怎么办呢？

萨尔瓦走了几步，想知道能看到什么。天空在远处的地平线之上，被炸弹的烟雾弄得模模糊糊的。他看得出，前面约百步远的地方，有一个小水池。水池和谷仓之间，有一座房子——是的，一个女人坐在房子跟前，正在晒太阳。

他屏住呼吸，悄悄走近，直到看清她的脸。她脑门上那道疤痕的形状看起来很熟悉——那是丁卡族的图案，这说明她与萨尔瓦属于同一个部落。

萨尔瓦松了一口气，为她不是努埃尔人感到高兴。努埃尔人和丁卡人的冲突由来已久，两个部落似乎都说不清彼此的土地界限，每一方都声称有权拥有那些水源

第三章 落 脚

最为丰富的地区。年复一年,努埃尔人和丁卡人频繁地爆发或大或小的战争,双方都死了不少人。与眼下反对势力和政府正在进行的战争不同,丁卡人和努埃尔人之间的战争已经持续了几百年。

那个女人抬起头看着萨尔瓦。她的目光把他吓得畏缩了一下。她会不会善待陌生人呢?她会不会因为他在她的谷仓里过夜而生气呢?

不过,至少他现在不孤单了——这是更容易看得出的。他难以看透的是,那个女人会怎样对待他。萨尔瓦向她走过去。"早上好,阿姨。"他声音颤抖着说。

她对他点点头。这个女人很老,比他的母亲老得多。他沉默下来,等着她说话。

"你一定饿了吧?"她说,然后起身进屋去了。没多久,她又走出来,递给他两把生花生,然后又坐下去。

"谢谢你,阿姨。"萨尔瓦在她身边蹲下来,剥掉花生壳,吃着花生米。他把每一粒花生米都嚼得稀烂才往下咽,每一次都尽量嚼得不能再嚼了。

那个女人一声不吭地坐在那里,等着他把花生吃完。"你的家人在哪儿呢?"她问。

萨尔瓦张开嘴,想要说话,眼里却又灌满了泪水,他无法回答。

她皱起眉头："你是孤儿吗？"

他赶紧摇头。一时间，他感觉很愤怒。他不是孤儿！他有父有母！他有家！

"打仗的时候，我从学校里逃了出来。我不知道我的家人去了什么地方。"

她点点头："这场战争真够讨厌的！你打算怎么办？怎么才能找到他们呢？"

萨尔瓦没有回答。他本来希望那个女人能替他想些什么办法。毕竟她是大人啊。可是，她不但没有办法，反而向他提出问题。

一切都颠倒了。

萨尔瓦又在那个女人的谷仓里过了一夜。他开始计划：**也许我可以住在这里，直到战争结束，然后回村里寻找家人。**

他卖力地干活，免得被她撵走。过去的三天里，他每天都进丛林拾柴，去水池打水。可是，水池就快干了，每天都越来越难把葫芦装满。

白天，萨尔瓦隐约能听见从数千米以外的战场上传来的炮声。在每颗炮弹炸响之际，他都会想起家人，盼望他们平安，真想知道何时才能与他们重逢。

第三章 落　脚

第四天，那个老妇人对他说，她要走了。

"现在你瞧见了，那个水池不过是个小水坑。冬天要来了，然后就是旱季，还有这场战争。"她朝着炮声的方向示意，"我要离开了，去一个靠近水源的村子，你不能再跟我待在一起了。"

萨尔瓦盯着她，心里升起一阵惊恐：**为什么我不能跟着她走呢？**

没等他提问，那个女人又说起来："士兵们不会找我麻烦，因为我是个独自赶路的老太婆。但要是跟你一起走，我就很容易遇到危险。"

她同情地摇摇头："很抱歉，我不能再帮助你了。你往哪儿走都行，只是千万别往战场那边走。"

萨尔瓦跟跟跄跄地回到谷仓。**我该怎么办？我该往哪里去？**这些话在脑海里重复了上千次。真奇怪！他只不过和这个老妇人认识了几天，现在却难以想象，一旦她走了，他应该怎么办……

他坐在谷仓里，向外凝视，目光茫然。当天光渐暗，黄昏之声乍起时，虫子嗡嗡，枯叶沙沙，还有一种声音……是说话的声音吗？

萨尔瓦扭过头，寻找那种声音的来处。不错，是说话声。一小群人——人数很少，只有不到十二个——正在走向那座房子。当他们走近时,萨尔瓦猛吸一口气。

借着渐渐苍茫的暮色,他看清了几个走在前面的人的脸。两个男人的脑门上留着V形的疤痕——这也是丁卡族的图案。萨尔瓦他们村的男孩在成年礼时举行的仪式之一,就是在脑门上刻出这种图案。

那些人也是丁卡人!他的家人会不会跟他们在一起呢?

第四章 饥 饿

2008年：南苏丹

母亲从尼娅的头顶取下塑料水桶，把水倒进三个大罐子里，跟着递给尼娅一碗高粱米饭，在上面浇了一点儿牛奶。

尼娅坐在屋外的阴凉里吃起来。

吃完饭，她拿着碗回到屋里。母亲正在给婴儿喂奶，那是尼娅的弟弟。"带着阿卡跟你一块儿去打水。"母亲边说边朝尼娅的妹妹看去。

尼娅看了看妹妹，心想：阿卡只有五岁，年纪太小，走得太慢了。但她没有说出口。

"她需要学习。"母亲说。

尼娅点点头，又拎起塑料水桶，然后拉起阿卡的手。

刚吃完一碗饭，尼娅现在又要离开家，再次前往水池。去了又回，回了又去——差不多要这样走上一整天。尼娅每年都要这样走七个月。

每天。每一天。

漫漫求水路

1985年：南苏丹

萨尔瓦屏住呼吸，逐一扫视那些面孔。然后，他叹了口气，所有的希望似乎也随之消失了。

他们都是陌生人，没有一个是他的家人。

那个老妇人从他的身后走过去，跟那群人打招呼。"你们要去哪里？"她问。

那几个人不安地对视了一下，谁也不回答。

老妇人把手搭在萨尔瓦的肩膀上，说："他没有同伴，你们愿意带他一起走吗？"

萨尔瓦在他们的脸上看出了怀疑。队伍前面的几个人互相交谈起来。

"他是个孩子，会拖慢我们的速度。"

"还要再添一张嘴？找到能吃的嚼谷儿本来就已经够难的了。"

"他太小了，什么体力活都干不了，一点都帮不上忙。"

萨尔瓦低下头。他们也会丢下他的，就像之前的那些人……

这时，一个女人从那群人中走出来，碰了碰一个男

第四章 饥 饿

人的胳膊。她什么都没说，只是把目光从那个男人转向了萨尔瓦。

那个男人点点头，转向大家。

"我们带他走。"他说。

萨尔瓦急忙抬起头。人群中的几个人摇摇头，抱怨起来。

那个男人耸耸肩膀，补充了一句："他是个丁卡人。"说完，继续往前走。

临走前，那个老妇人给了萨尔瓦一袋花生和一个可以装水的葫芦。萨尔瓦向她表示感谢，并和她道别，然后跟上那群人，决心不给他们拖后腿，不抱怨，也不给别人添麻烦。他甚至都不问他们要去哪儿，唯恐他的问题会惹人生气。

他只知道他们是丁卡人，想要远离战争。他应该满足了。

他们不停地行走，好像没有终点。随着脚步的节奏，萨尔瓦一路都在反复地想着同样的问题：**我的家人在哪里？我的家人在哪里？**

每天醒来后，萨尔瓦都要跟着那群人一起走到午休，再走到天黑，在地上露宿。灌木丛渐渐变成了矮树

漫漫求水路

丛，他们就在树丛间穿行。一路上，几乎没什么吃的，水果倒是随处可见，但不是生的，就是虫子啃过的。萨尔瓦带的那些花生在第三天晚上就吃光了。

大约一个星期之后，更多的人——另一群丁卡人和几个朱尔乔勒①部落的成员——加入了他们的队伍。男女老幼，不停地走，不停地走……

没人知道要走向何方。

萨尔瓦从没有饿到过这种地步。他脚步蹒跚地往前走，一只脚不知怎的就挪到另一只前面，他没空理会脚下的路面、周围的森林以及天光。除了饥饿，萨尔瓦什么都感觉不到，他的肚子早就饿瘪了，一种剧痛现在又传遍了全身。

原本他是跟丁卡人一起走的，但是今天，他拖着脚步恍恍惚惚地走着，不知不觉落后了一些。走在他身后的是一个朱尔乔勒部落的年轻男子。萨尔瓦不太了解他，只知道他叫布克萨。

他们一起走时，布克萨走得更慢了。萨尔瓦疲惫地想，不知道他们该不该跟得更紧一点儿。

---

① 译注：朱尔乔勒（Jur-chol，又名Luwo或LuoJur），南苏丹的一个黑人部落，丁卡人把他们看作外地人。

第四章 饥 饿

就在这时,布克萨突然停住脚步。萨尔瓦也停了下来。可是,他又累又饿,没有力气问布克萨为什么不往前走了。

布克萨歪着脑袋,眉头紧锁,开始仔细倾听。他们两个纹丝不动地站了一会儿。萨尔瓦听到前面其他人的脚步声和几句低语,还有鸟儿在树林里发出的叫声。

他极力倾听。那是什么声音呢?喷气式飞机?还是炸弹?炮火声正在渐渐接近,而不是渐渐远去吗?萨尔瓦的恐惧越来越强烈,最后甚至超过了饥饿。跟着——

"啊!"布克萨的脸上慢慢露出笑容,"在那边,你听见了吗?"

萨尔瓦紧锁双眉,摇了摇头。

"是的,它又出现了。跟我来!"布克萨开始快走。当萨尔瓦好不容易才跟上他时,布克萨又停下来倾听,然后用更快的速度前进。

"你听到了什么?"萨尔瓦忍不住问道。

布克萨突然在一棵大树前面停下来。"太好了!"他说,"快去通知其他人!"

萨尔瓦这才觉察到布克萨的兴奋:"可是,我要通知他们什么呢?"

"那只鸟儿。我一直在听着它的叫声,是它把我引到了这里。"布克萨的笑容更加明显了:"瞧见了吗?"他指着一根树枝说,"那可是一个又大又好的蜂窝。"

于是萨尔瓦急忙去通知其他人。他听说过,朱尔乔勒人能跟着向蜜鸟①的叫声找到蜂蜜!不过,这还是他第一次瞧见这种事呢!

蜂蜜!今晚他们可要吃个痛快啦!

---

① 译注:向蜜鸟(honeyguide),通常指向蜜鸟科的黑喉向蜜鸟或鳞喉向蜜鸟,产于非洲,能用叫声把人带到有蜂窝的地方,当人因采蜜而捣毁蜂窝之后,它就去吃蜂蜡和幼蜂。

第五章 朋 友

2008年：南苏丹

从尼娅的村子走三天的路，就有一个大湖。每到旱季，或者村子附近的水池干涸时，尼娅全家就会搬到那个湖边的营地居住。

但他们不能整年都住在湖边，因为那里会有争斗。为了争夺大湖周围的地区，她所在的努埃尔部落经常与敌对的丁卡部落打仗。

一旦双方发生冲突，男人和男孩就会受伤甚至被杀。所以，尼娅一家和村里的其他人只有在旱季的五个月里才会住在湖边。在那段时间里，两个部落的人都在为了生存而苦苦挣扎，冲突也比平常少得多。

如同她家附近的水池一样，大湖也干涸了，但它比水池大，因此湖床的泥土里仍然存留着一些水分。

就算住在湖边的营地，尼娅也要去打水，像在家时一样。她要把双手伸进湖床，在潮湿的泥土里挖坑。她不停地挖，挖出一把把泥土，直到那个坑深得能够完全伸进胳膊。当挖到后来，泥土变得更加湿润的时候，水就会渗进坑底了。

坑里灌满了脏水，其中多半是泥浆。而且水渗得极慢，即便是几葫芦的水也要等很久才能收集到。通常这个时候，尼娅都会蹲在坑边，一直等着。

等着水。为了这些水，每次都要等上几个钟头。漫长的五个月里，每天她都要这样等下去，直到雨季来临，她和家人能够回家为止。

1985年：南苏丹

萨尔瓦的一只眼睛肿得都睁不开了。布克萨的两个前臂上都是疙瘩，又红又肿，他的一个朋友嘴唇都肿了起来。看上去好像他们狠狠地打了一架似的。

不过，他们的伤并不是拳头揍出来的，而是被蜜蜂蜇的。

就在刚刚，蜜蜂被树下的火熏得飞出蜂房，变得昏昏欲睡。不过，就在布克萨和另一个朱尔乔勒人爬上树摘掉蜂窝时，蜜蜂们清醒过来。它们发现自己的住所正在遭到强拆，顿时火冒三丈。为了将不满情绪表现得淋漓尽致，蜜蜂们嗡嗡地猛冲着，亮出了它们的绝招——

第五章 朋　友

见"肉"插针。

插了有无数针呢。

这也值了,萨尔瓦想,他小心翼翼地摸了摸肿胀的眼皮。此刻,他的肚子圆滚滚的,里面装满了蜂蜜和蜂蜡——滴着丰美金蜜汁的蜂窝块简直是世上最好吃的东西!他和队伍里的其他人一起吃了蜂窝块,足足吃到十分饱,然后又吃了一些。

在他的周围,大家都心满意足地舔着手指,除了一个被蜇到舌头的丁卡人——他的舌头肿得厉害,连嘴巴都合不拢了,几乎无法吞咽。

萨尔瓦替他感到遗憾。这个可怜人享受不了美味的蜂蜜呢。

这会儿,走路似乎变得轻松多了,因为肚子里面不再空空如也了。萨尔瓦想办法留下最后一块蜂窝,小心翼翼地用树叶包起来。但是第二天晚上,蜂蜜都吃光了,萨尔瓦一直把蜂蜡含在嘴里慢慢咀嚼,以便勾起甜蜜的回忆。

队伍每天都在壮大,因为经常有人加入。他们或是一个一个地来,或是三三两两地来。渐渐地,萨尔瓦形成了一个习惯,每天早晨和晚上都要察看一遍全体成员，寻找他的家人。可是，新加入的人当中一直也没有他们的身影。

几个星期后的一个傍晚，萨尔瓦照例在篝火旁边转来转去，扫视着每张面孔，希望能看到一个熟人。就在这时——

"哎哟！"

萨尔瓦差点儿跌倒，他感觉脚下的地面似乎在移动。

一个男孩突然跳起来，站在他的面前。

"嘿！你踩到了我的手！"那个男孩说的是丁卡语，但口音不同，这说明他不是萨尔瓦他们村附近的。

萨尔瓦后退了一步，说："对不起，踩疼你了吗？"

那个男孩的一只手反复张开又握起，然后耸了耸肩，说："还行，可是，你走道时真该看着点儿。"

"对不起。"萨尔瓦重复道。沉默片刻之后，他转身走开，继续在人群中寻找。

那个男孩还在看着他。"找到家人了吗？"那个男孩问。

萨尔瓦摇摇头。"我也没找到。"说完后，男孩叹了一口气，那叹气声一直传到萨尔瓦的心里。

两个人的目光交汇在一起。

第五章 朋 友

"我叫萨尔瓦。"

"我叫马里亚。"

有朋友真好。

马里亚和萨尔瓦同岁,两个人几乎一样高。他们并肩同行时,步伐几乎完全一致。第二天早上,他们就开始一起走了。

"你知道我们要往哪儿走吗?"萨尔瓦问。

马里亚歪起脑袋,手搭凉棚,遮住朝阳的光芒。"往东走,"他说,"我们正在走向早晨的太阳。"

萨尔瓦翻了个白眼。"我知道我们正在往东走,"他说,"这谁都看得出来。可是,东边那里有什么呢?"

马里亚想了一会儿,说:"埃塞俄比亚,苏丹的东边是埃塞俄比亚。"

萨尔瓦停下脚步:"埃塞俄比亚?那是外国!我们不可能一直走到那里去。"

"我们正在往东走,"马里亚坚决地说,"埃塞俄比亚就在东边。"

我不能到外国去,萨尔瓦想。如果我去了外国,我的家人就永远也找不到我了……

马里亚搂住了萨尔瓦的肩膀。他似乎知道萨尔瓦正在想什么，于是说："没关系，只要一直往东走，你怎么知道，我们不会绕着地球，最后又恰好回到苏丹的这个地方呢？到了那时，我们就能够找到家人啦！"

萨尔瓦忍不住笑了。他们都大笑起来，然后继续并肩前行，步伐一致。

自从萨尔瓦从学校跑进丛林以来，已经过去了一个多月。此时，他们的队伍走进了阿图奥特人的领地。

在丁卡语里，阿图奥特人被称为"狮子人"。在他们的领地，生活着大群羚羊、角马、牛羚，还有捕食它们的狮子。关于阿图奥特人，在丁卡人中流传着许多传说。他们认为，每个阿图奥特人死后都会返回尘世，变成贪食人肉的狮子——虽然他生前也是人类。据说，阿图奥特人所在地区的狮子是全世界最凶猛的。

夜晚令人感到不安。萨尔瓦经常被远处传来的咆哮声惊醒，有时惊醒他的是狮爪下的动物在临死之前发出的尖叫。

一天早晨，由于头天晚上没有睡好，他醒来后仍然睡眼惺忪的。他们再次赶路时，他揉了揉眼睛，站起来，跌跌撞撞地跟在马里亚后面。

"萨尔瓦？"

第五章　朋　友

说话的人不是马里亚，这个声音来自他的身后。

萨尔瓦扭过头，惊讶得张大了嘴巴，但却什么都说不出来。

"萨尔瓦！"

第六章 狮 子

2008年：南苏丹

尼娅的家族在湖边营地生活了好几代。自打出生以来，尼娅每年都要到营地去。尽管不得不挖泥土，等着水渗出来，营地还是有一个让她喜欢的地方，那就是用不着每天都走那么久，去水池边打两次水了。可是，今年她才第一次意识到，母亲并不喜欢营地。

他们没有房子，只能睡在临时搭建的窝棚里，多数东西都无法携带，只好在附近找类似的东西代替。还有，每天的大部分时间，他们都要去挖坑打水。

不过，在尼娅的父亲和哥哥德普每天出去打猎时，母亲的表情才是最糟糕的。

那是一种恐惧的表情。

母亲感到害怕，害怕家里的男人会在什么地方意外碰到丁卡部落的男性成员，然后发生争斗，受伤，甚至发生更可怕的事情。

不过这些年来，他们家一直很走运，还没有人受过伤，或者被丁卡人杀死。但她知道，村里的其他家庭都是

第六章 狮 子

这样失去了挚爱的亲人。

尼娅每天早晨都看得出写在母亲脸上的问题：他们还会继续走运吗？

或者，现在就要轮到她们失去什么人了吗？

1985年：南苏丹

萨尔瓦的嘴巴张开又合上，好像一条鱼。他想说话，喉咙里却发不出声音，想动一下，双脚却好像粘在了地面上。

"萨尔瓦！"那个男人又叫了一声，急忙向他走去。那个男人走到离萨尔瓦只有几步远时，萨尔瓦突然能说话了。

"叔叔！"他大喊着冲进那个男人的怀里。

杰维尔叔叔是萨尔瓦的亲叔叔。萨尔瓦至少两年没有看到他了，因为他一直在部队里。

叔叔肯定知道这场战争的事！说不定他会知道我的家人在哪儿呢！

可是，叔叔的问题立刻把萨尔瓦的这些希望变成了泡影。"就你一个人吗？你的家人在哪儿呢？"

萨尔瓦几乎不知道该从哪儿说起。从学校跑进丛林的事，仿佛已经过去了很多年。不过，他还是尽量把一切都告诉了叔叔。

听着萨尔瓦的诉说，叔叔不时地点头或摇头。当萨尔瓦告诉他，一直没有看见家人或听见有关他们的只言片语时，他的脸上露出了极其严肃的表情。萨尔瓦低下头去，声音越来越小。他为再次看到叔叔而高兴，但叔叔似乎也帮不上什么忙……

叔叔沉默片刻，然后拍拍萨尔瓦的肩膀。"好了，侄子！"他用乐观的口吻说，"既然咱们团聚了，往后我会照顾你的！"

原来，叔叔三天前就加入了队伍，但一起赶路的有三十多人，直到现在他们才发现对方。他们继续前进时，萨尔瓦看见叔叔有一杆枪——扛在肩膀上的步枪。因为有从军的经历和步枪，叔叔已然被大家当作首领了。

"我离开部队时，他们让我带走了我的枪，"叔叔说，"所以，只要碰到值得吃的东西，我就会把它打下来，到时候我们吃一顿好的！"

叔叔说到做到。就在那天，他打中了一头小羚羊。他们把这种羚羊叫图皮。萨尔瓦迫不及待地等着它被剥皮、宰割、烧烤。当空气中弥漫着烤肉的香味时，他忍

第六章 狮　子

不住不停地咽下满嘴的口水。

看着萨尔瓦猛吞第一块肉的样子，叔叔笑了起来："萨尔瓦，你还有牙齿呢！吃东西的时候，应该用牙齿先嚼一嚼！"

萨尔瓦没空儿回答，他正忙着把另一块烤焦了但依然美味的肉往嘴里塞呢。

尽管那头图皮比较小，却也足够每个人都吃饱了。可是不久，萨尔瓦就为自己吃得太快感到后悔了。之前饿了几个星期，现在一下子吃那么多，闹得他肚子里翻江倒海的，几乎吐了大半个晚上。

不只萨尔瓦，其他人也一样。每当肚子把他闹醒，他都会急忙去营地边吐，结果发现其他人也都在吐。还有一次，萨尔瓦和五六个人站成一排，全都摆出同样的姿势——弓着腰，捂着肚，等着下一波呕吐的到来。

如果不是感觉很难受，这还挺有意思的。

队伍继续走在阿图奥特人的领地里。他们每天都能看到在小树的树荫下休息的狮子。有一次，他们远远地望见一只狮子在追赶一只图皮，最后图皮逃掉了。不过萨尔瓦经常在路上看见其他不太幸运的猎物的骨头。

萨尔瓦和马里亚还是结伴同行，紧挨着叔叔。有

漫漫求水路

时，叔叔会跟别人一起走，严肃地讨论旅途的问题。每到这种时候，萨尔瓦和马里亚就会礼貌地往后退，但萨尔瓦总是尽量走在看得见叔叔的地方，晚上则睡在叔叔的身边。

一天，队伍在傍晚时上路，希望能走到一个水池边过夜。可是，他们找了数千米也没有找到水。夜里，他们继续前进，没有停下来休息。走了十个钟头，第二天黎明都快到来了，每个人都累得筋疲力尽。

叔叔和其他首领终于决定，大家必须休息一下。萨尔瓦离开小路，刚走了两步，还没等躺下就几乎睡着了。

直到感觉叔叔在摇晃他的肩膀，他才醒过来。萨尔瓦睁开眼睛，听见了哀号声。有人正在大哭。他眨了眨眼睛，赶走睡意，看了看神情肃穆的叔叔。

"很遗憾，萨尔瓦，"叔叔轻声说，"你的朋友……"

马里亚？萨尔瓦环顾左右。他应该在附近的什么地方……我不记得他有没有睡在我身边了——我累坏了，也许他去找吃的了……

叔叔抚摸着萨尔瓦的脑袋，好像他是个婴儿似的。"很遗憾。"他又说。

萨尔瓦的心就像被一只冰冷的拳头紧紧攥住了。

第七章 噩 耗

2008年：南苏丹

尼娅坐在地上，伸出胳膊，握住妹妹的手。

阿卡似乎没有反应。她蜷着身子侧卧在那里，不动弹也不吭声，只是偶尔发出一声呜咽。

尼娅被妹妹的安静吓坏了。就在两天以前，阿卡还在高声抱怨着，后来又吵吵肚子疼。尼娅原本对妹妹的哼哼唧唧感到很生气，现在却感到内疚，因为她看得出来，阿卡连哼哼的力气都没有了。

尼娅知道，很多人都得过同样的病。他们先是抽筋、肚子疼，然后就闹肚子，有时还会发烧。多数染上这种病的大人和大孩子到最后都会恢复，又可以干活了。但这种病不能祛根，还会断断续续地折磨他们几年。

但对于老人和小孩子来说，患这种病就会有生命危险。由于体内什么东西都存不住，很多人会饿死，即使食物就摆在他们的面前。

他们村的酋长（也就是尼娅的伯父）听说，走上几天的路程，可以找到一家医院。他告诉尼娅的家人，如果能把阿卡带到那家医院，医生也许会给她吃药，让她好起来。

可是，阿卡很难走那么远。究竟是该让她在营地休息，等她自己好起来，还是该带着她走过漫漫长路，得到及时的救助呢？

1985年：南苏丹

他们又上路了。萨尔瓦彻底被吓坏了，浑身都在发抖。

他紧挨着叔叔，就像婴儿或者小男孩那样，尽量握紧叔叔的手或者抓着叔叔衬衫的下摆，从不让叔叔走到他够不着的地方。他经常朝四周看，担心随时会有一头狮子在草丛里悄悄地跟踪他，等待向他猛扑的机会。

马里亚不见了，消失在黑夜里。马里亚从不会独自离开队伍，只有一样东西会让他消失。

狮子。

要是饿坏了，狮子就会在人们睡觉时溜过来。虽然一直有人在放哨，但夜里黑漆漆的，长长的草叶总是随风起伏，狮子可以轻易地悄悄靠近，而不被人发现。它

第七章 噩耗

要寻找的是弱小的和静止的猎物——比如正在睡觉的马里亚。

是狮子把他拖走了,附近的路上只留下了一些斑斑血迹。

如果没有叔叔在场,萨尔瓦说不定会被吓得疯掉。整个早晨,叔叔一直都在低声安慰他。

"萨尔瓦,我有枪,要是狮子敢靠近,我就一枪崩了它。"

"萨尔瓦,我今晚不睡了,一直放哨。"

"萨尔瓦,我们很快就会走出有狮子的地方了,一切都会好起来的。"

萨尔瓦一边听着叔叔的话,一边向他靠得更近。尽管被吓得全身发冷,但萨尔瓦还能走路。

可是,一切都没有变好。他失去了家人,现在连朋友也失去了。

那天晚上,谁也没有听到尖叫声。萨尔瓦真希望那头狮子是立刻杀死了马里亚。这样一来,他的朋友就来不及感到害怕或疼痛了。

路上的植物变得更绿了,空气中有了水的气息。

"尼罗河,"叔叔说,"我们很快就会走到尼罗河边，然后再到对岸去。"

尼罗河——全世界最长的河流，苏丹的万物之母。叔叔解释说，他们将会走到这条河最宽的河段处。

"它看起来甚至不像河，就像个大湖，我们还要走好久才能到对岸呢。"

"对岸有什么呢？"萨尔瓦低声问，他仍然感到害怕。

"沙漠，"叔叔回答说，"再后面就是埃塞俄比亚。"

萨尔瓦的眼里满是泪水。马里亚说得对，他们要去埃塞俄比亚。多希望他还在这里，那么我就能够告诉他，我说错了。

萨尔瓦站在尼罗河的岸边。就像叔叔说的那样，尼罗河看起来就像个大湖。

叔叔说，队伍会坐船过河。他们要用一整天的时间前往位于河水中段的岛上，第二天才能进入远处的对岸地区。

萨尔瓦皱起眉头，哪儿都看不到船。

看到萨尔瓦迷惑不解的表情，叔叔笑了，说："哎呀，你没有带自己的船来吗？那么但愿你是个游泳健将了！"

萨尔瓦低下头。他知道叔叔是在跟他闹着玩，但他

第七章 噩耗

感到腻味透了——腻味了替家人担心，腻味了回忆可怜的马里亚，腻味了不停赶路却不知道要往哪里去。叔叔完全可以告诉他，船究竟在什么地方。

叔叔搂住他的肩膀说："你就等着瞧吧，我们有好多活儿要干呢！"

萨尔瓦再次抱着一大堆草茎，跌跌撞撞地往前走。每个人都在忙。有的人去水边砍高大的纸莎草，萨尔瓦等人则把砍下的草茎收集起来，拿给负责造船的人。

队伍中有几个曾经居住在河湖附近的村民。他们知道如何把草茎捆扎在一起，巧妙地编成船身较低的独木舟。

每个人都干得挺麻利，虽然他们完全不知道应该快点儿干还是慢点儿来，也不知道战争离得有多远。也许是在几千米之外，或者近到随时都会有带着炸弹的飞机，直接从他们的头顶飞过。

在砍草茎和编草茎的人们之间来回奔跑是个苦差事，但萨尔瓦发现，这让他感觉好受一些，因为他忙得没空担心了。干点儿什么总好过什么都不干，哪怕去搬运一堆堆又沉又滑的草茎。

每运送一堆草茎，萨尔瓦都要停下片刻，欣赏造船人的手艺。那些草茎被铺成几个长排，每排的两端都紧紧地捆在一起，中间则被拉开形成一个下陷处，以便把整个草茎捆扎成船的形状。一个船头的曲面和两个低矮的侧面从一排草茎中渐渐出现时，萨尔瓦看得简直入了迷。

他们用了整整两天才编造出足够队伍使用的独木舟。每艘独木舟都经过了测试，只有几艘漂得不稳必须修理。然后，他们又用很多草茎捆扎成船桨。

最后，一切准备就绪。萨尔瓦进入一艘独木舟，坐在叔叔和另一个人之间。那艘独木舟漂进尼罗河时，萨尔瓦紧紧抓住了船舷。

第八章 帐 篷

2008年：南苏丹

阿卡的笑声就像音乐那样好听。

尼娅的父亲决定，阿卡必须去看医生。所以，尼娅和母亲把阿卡带到了那个特别的地方。一个白色的大帐篷，里面满是有病或受伤的人，医生和护士在旁边照看他们。仅仅服用了两剂药，阿卡就差不多恢复了——尽管还是那么瘦弱，但是，当尼娅坐在婴儿床边的地上跟阿卡玩拍手游戏时，阿卡可以大笑了。

护士是个白人，她正在跟尼娅的母亲谈话。

"她的病是饮水造成的，"护士解释说，"她应该喝干净的清水，如果水不干净，你要把水烧开了再给她喝。"

尼娅的母亲点点头，表示听懂了，但尼娅看得出她眼里的担心。

通过挖坑的办法在那个湖里收集的水始终不多，要是母亲想把那么少的水再烧开，早在烧开之前，锅就烧干了。

不管怎样,她们很快就会回到村里了,这总归是好事。而且,尼娅用塑料水桶从水池打来的水可以烧开了再喝。

可是,明年再去营地时怎么办?还有后年呢?

即使回去以后,每次汗流浃背地长途步行到水池边,尼娅都不得不马上喝水啊。

她永远也不可能阻止阿卡做同样的事。

1985年:南苏丹

湖面静悄悄的,一旦船只离了岸就没有什么可看的——除了水还是水。

他们划了几个钟头的船。景色和划桨动作都是那么单调。萨尔瓦本来可以睡觉的,但如果真的睡着了,他怕自己会从船边掉下去。为了保持清醒,他一直在数着叔叔划桨的次数,并试着估算每划二十下能让独木舟驶出多远的距离。

在到达对岸之前,船只在一个岛屿前停住了,尼罗河边的渔民就是在这里居住和干活的。

在这个渔民区看到的情景,让萨尔瓦感到惊奇。上

第八章 帐 篷

路这么长时间以来,他还是头一次见到这么丰富的食物呢!渔民们当然有好多的鱼可以吃,甚至河马和鳄鱼肉。不过,更令人惊讶的是他们种植的各种庄稼——玉米、木薯、甘蔗、山药……这里很适合种庄稼,因为整条河都能给它们供水!

萨尔瓦他们都没有钱,也没什么值钱的东西来交换食物,所以只能乞讨。叔叔却是例外——那些渔民主动把食物递过去,根本就不用他开口讨要。萨尔瓦不明白,这究竟是因为叔叔看来好像队伍的首领,还是因为渔民害怕他的枪。

叔叔得到一截甘蔗、一些鱼和山药,他与萨尔瓦分享了它们。甘蔗立刻被嚼光了,鱼在火上烤熟了才吃,山药就在火的灰烬里煨熟。

甘蔗汁稍稍缓解了萨尔瓦的饥饿感。他可以慢慢地吃鱼和山药了,每咬一口都要咀嚼好半天。

以前在家的时候,萨尔瓦从没有饿过肚子。家里有的是牛。他们家是卢纳-阿瑞克村的富户,经常喝得到高粱米粥和牛奶。有时候,父亲还会骑着自行车去集市买成袋的豆子和大米回来。这些东西都是在其他地方长出来的,因为卢纳-阿瑞克属于半沙漠地区,能够在这里种植的庄稼非常少。

有时候，为了给家人惊喜，父亲也会买杧果。一袋杧果拿起来一定怪沉的，尤其是自行车上已经装满其他东西的时候，所以，父亲把杧果一个个地塞进自行车车轮的辐条之间。跑去迎接父亲时，萨尔瓦看见变得模模糊糊的绿皮杧果，它们正在快活地随着车轮旋转呢。

还没等父亲下车，萨尔瓦就急着从辐条间取出一个杧果。母亲为他剥去果皮，多汁的果肉与她的头巾有着相同的颜色。她会从又大又扁的果核上把果肉一片片地切下来。萨尔瓦喜欢甜甜的果肉，但他最爱吃的是杧果果核，因为那上面总是留着不少硬是不肯离开的果肉。他会用几个钟头的时间一点点地吮吸果核，不把它吃得一丁点儿果肉都不留就不肯罢休。

渔民们储存的大量美食中并没有杧果，但吃甘蔗让萨尔瓦想起了往昔的幸福时光。他不知道，以后还会不会再看到父亲骑着辐条间塞有杧果的自行车的情景。

当太阳触碰到地平线时，渔民们突然钻进帐篷里。

那并不是真正的帐篷，只是用挂起来或者遮起来的白色蚊帐，围出的一个可以躺在里面睡觉的空间。渔民们都不再说话、吃东西或者做事，就像彻底消失了似的。

第八章 帐 篷

刚刚过了几分钟，蚊子就从水边、草丛和别处飞起来，在空中尖声哀叫着，仿佛几大团乌云。蚊子饥肠辘辘，密密麻麻，足有几千只，也许有几百万只。要是不小心的话，萨尔瓦吸口气就会吸进一大口蚊子。即使他小心翼翼，蚊子还是无孔不入。它们侵入了他的眼睛、鼻子、耳朵和身上的各个部位。

渔民们整夜都留在蚊帐里。他们甚至事先挖好了排水道，从帐篷里面一直挖到外面。这样一来，他们不必离开蚊帐就可以小便了。

萨尔瓦经常猛拍蚊子，每次都能拍死好几打，但这简直是白费力气。每当他杀死一批蚊子，似乎就有几百只蚊子飞过来接班。萨尔瓦气急败坏地猛拍和驱赶了一整夜，但它们还是在他的耳畔引吭高歌。

那天晚上，整个队伍都没有睡着觉。这全是蚊子的功劳！

早晨，萨尔瓦的身上全是蚊子叮出来的大包。最可恶的大包似乎就在他的后背中间，因为他怎么也挠不到那个地方。不过，凡是够得到的大包都被他挠得出了血。

他们再次上船，离开那个岛，划船前往对岸。那些渔民提醒他们，要为下一段旅程带好足够的水。萨尔瓦还留着那个乔卢奥[①]老妇人给他的葫芦,队伍中的其他人多半也有葫芦或者塑料瓶。少数没有任何容器的人则脱下衣服,泡在水里,拼命地想要至少带走一点水。

  他们旅途中最难走的一段路就在前方:阿科博沙漠。

[①] 译注:乔卢奥(Jo-Luo,又名Luo),通常指分布在肯尼亚和坦桑尼亚的卢奥人,与丁卡人和努埃尔人都属于尼罗特人。

第九章 沙 漠

2008年：南苏丹

那两个客人来的那天，尼娅一家已经回村几个月了，实际上前往营地的时间又快到了。吉普车开过来的时候，多数孩子都跑过去迎接，尼娅却留在后面。她不好意思去见陌生人。

两个男人走出吉普车，跟包括尼娅的哥哥德普在内的几个大男孩说话，随后被德普领到酋长，也就是尼娅伯父的家。

酋长走出房子，迎接来客。他们与几个村民坐在房子的阴影里喝茶，又谈论了一会儿。

"他们在说什么呢？"尼娅问德普。

"关于水源的事。"德普回答说。

水源？离得最近的水源当然是走半个早晨就能到达的水池了，谁都会这样告诉他们。

漫漫求水路

1985年：南苏丹

❦

萨尔瓦还是头一次瞧见沙漠呢。他们卢纳-阿瑞克村的周围有足够牛群吃的青草和灌木，甚至还有大树。而这个沙漠里什么绿色植物都长不出来，除了一种叫金合欢的常绿小灌木，因为它自有办法熬过几乎没有雨水的漫长旱季。

叔叔说过，穿越阿科博沙漠需要三天时间。沙漠的地表太热了，上面还有好多石头，不给萨尔瓦的鞋子留一点儿活路。两只疲于奔命的橡胶鞋底早已磨得体无完肤，只与一小块皮革相连，自然不能对它们寄予厚望。几分钟以后，萨尔瓦只好踢掉不断呱嗒作响的破鞋底，光着脚前进。

萨尔瓦觉得在沙漠里的第一天是这辈子度过的最漫长的一天。太阳毫不留情，而且赖着不走，空中没有一缕云，也没有一丝凉风。在这样干热的地方行走，每一分钟都像一小时那么长，就连呼吸都变得很费力。每呼吸一次，萨尔瓦似乎都在消耗体力而不是恢复体力。

灌木的尖刺扎破了萨尔瓦的脚。他的嘴唇干裂，口渴得要命。叔叔提醒过他，尽量把葫芦里的水留到最

第九章 沙漠

后。当身体为了能大口喝既解渴又救命的水而哭喊时，萨尔瓦却只能抿上几小口，这简直是他遇到过的最艰难的事。

那天快要过去的时候，最坏的事情发生了。一块石头碰伤了萨尔瓦裸露的脚指头，整个脚指甲都脱落了。

简直疼得要死！萨尔瓦尽量咬住嘴唇，但这一天里没完没了的不幸让他再也承受不住了。他低下头，泪流不止。

很快，萨尔瓦就哭得几乎喘不过气来。他的脑子乱糟糟的，眼前模糊一片，他不得不放慢速度。漫长的旅途中，他第一次落到了队伍的后面。他跌跌撞撞地乱走，不知不觉离队伍越来越远。

突然，叔叔神奇地出现在他的身边。

"萨尔瓦·马维恩·杜特·阿瑞克！"叔叔喊的是萨尔瓦的全名，声音响亮而又清楚。

萨尔瓦抬起头，惊讶地停止了哭泣。

"你瞧见那片灌木了吗？"叔叔往前指了指，问他，"你只需要走到那片灌木跟前，能办到吧，萨尔瓦·马维恩·杜特·阿瑞克？"

萨尔瓦用手背擦去眼泪。他看得清那片灌木，似乎并不太远……

漫漫求水路

叔叔从旅行袋里掏出一个酸角，递给萨尔瓦。萨尔瓦嚼着酸角里面的酸汁，感觉好受了一些。

他们走到那片灌木附近时，叔叔又指着前面的一堆石头，让萨尔瓦走到那堆石头跟前。下一个目标是一棵孤零零的金合欢……跟着是另一堆石头……跟着是一个除了沙子什么都没有的地方。

叔叔一直用这个办法，对付那一天里剩下的路。每次他都会喊萨尔瓦的全名，于是萨尔瓦每次都会想到家人和村子，然后就莫名其妙地能够向前拖动伤脚，迈出艰难的一步。

太阳终于老大不情愿地被撵出了天空，可喜的夜幕降临整个沙漠，休息的时间到了。

第二天简直和第一天没有区别。太阳，酷热，还有萨尔瓦最难忍受的——毫无变化的景物。同样的石头，同样的金合欢，同样的沙土，没有一样事物显示出这支穿行沙漠的队伍取得的任何成绩。萨尔瓦感觉，他就像在原地走了几个钟头似的。

炽热的空气中泛着微光的热浪，让一切都显得摇摇晃晃的，或者摇摇晃晃的只是他自己？前面的那个大石头堆，看起来就像正在移动……

第九章 沙 漠

它的确正在移动——因为那根本不是石头堆。

而是几个人。

队伍离那几个人更近了。萨尔瓦数了数,共有九个人,全都瘫倒在沙地上。

一个人用手做了一个极其轻微的动作,另一个人试图抬起头,但又往后倒下去。他们都没有发出哪怕一丝声音。

萨尔瓦观察着,发现其中五个人纹丝不动。

一个女人从队伍中向前冲过去,跪在他们身边,打开她的水瓶。

"你要干什么?"队伍中的一个男人喊起来,"你不能救他们!"

那个女人没有回答。当她抬头的时候,萨尔瓦看到她眼中的泪水。她摇摇头,往一块布上倒了一点水,用那块布去湿润倒在沙地中的一个男人的嘴唇。

萨尔瓦看着那些躺在热沙上的男人,他们眼睛凹陷,嘴唇干裂。他试图咽一下口水,却感觉嘴巴干得厉害,几乎透不过气来。

"要是你把水分给他们,你自己就不够喝了!"那个男人大叫,"这是没有用的,他们都会死的,你也会陪着他们送命!"

第十章 绝 望

2008年：南苏丹

会面结束之后，他们全都站了起来，从尼娅家的门前走过。尼娅和一群孩子跟在他们的后面。

从她家往前走几分钟，可以看到一棵树。他们站在那棵树下，两个陌生人和尼娅的伯父交谈了一会儿。

从那棵树下再往前走五十来步，可以看到第二棵树。尼娅的伯父和一个陌生人走到半路就停下来，另一个陌生人则继续走到第二棵树跟前，仔细检查它。

第一个陌生人用尼娅听不懂的语言向朋友大喊，对方用同样的语言回答。但尼娅听到，另一个陌生人走回来之后，把那些话翻译给了尼娅的伯父。

"就是那个地方，两棵最大的树中间，我们将会在那里找到水。"

尼娅摇摇头，心想，他们在说什么呢？她太熟悉那个地方了，就像熟悉自己的手背一样。村民们有时会聚在一起，就在那里，那两棵树中间，围着大堆的篝火唱歌或聊天。

第十章 绝望

但那里连一滴水都没有，除了下雨的时候！

1985年：南苏丹

萨尔瓦伸手去拿自己的葫芦。尽管知道里面是半满的，但他突然感觉它变轻了，好像里面几乎没有水了似的。

杰维尔叔叔猜出了他的心思。

"不，萨尔瓦，"他低声说，"你太小了，还不够强壮。没有水的话，你会死在半路上。但那些人不会，他们能比你支撑得更久。"

果然，现在有三个女人给地上的几个男人喝了些水。那么一点点水就把他们救活了，这简直是奇迹！他们可以摇摇晃晃地站起来，跟着队伍继续前进了。

可是，他们那五个死了的同伴都被丢在了后面。他们没有挖坑的工具，掩埋尸体又太费时间。

从尸体前经过时，萨尔瓦努力不往那边看，但目光还是被尸体吸引过去。他知道接下来会发生什么：秃鹫很快会发现尸体，把腐肉啄光，只留下骨头。一想到那些人，他就感到难过——他们本来就死得够惨的，尸体却还要遭受残害。

如果年纪再大一些，身体也更强壮一些，他会不会把水给那些男人呢？或者，他也会像队伍中的多数人那样，只把水留给自己？

这是队伍穿行沙漠的第三天。他们将在这天的黄昏走出沙漠，到那时距离埃塞俄比亚的伊坦加难民营就不远了。

当他们吃力地在酷热中前进时，萨尔瓦终于找到机会跟叔叔说了他的烦恼——那些一直在滋长着，仿佛横在心头的长长的阴影。

"叔叔，要是我去了埃塞俄比亚，爸爸妈妈又怎么能够找到我呢？我什么时候才能回到卢纳-阿瑞克呢？"

"我向队伍里的人打听过，"叔叔说，"我们确定，卢纳-阿瑞克村遭到了袭击，很可能被烧毁了。你的家人……"叔叔停下来，目光转向别处。等他把目光收回时，脸上露出了严肃的表情。

"萨尔瓦，村子遭到袭击时，没有多少人能挺过去。凡是幸存的人都会逃进丛林里，谁也不知道他们现在去了什么地方。"

第十章 绝 望

萨尔瓦沉默片刻，然后说："在那里，至少你会跟我在一起，在埃塞俄比亚。"

"不，萨尔瓦，我会把你送到那边的难民营去，然后我要返回苏丹，回到战斗中去。"叔叔柔声说。

萨尔瓦停下脚步，紧紧抓住叔叔的胳膊："可是，叔叔，我会变得孤零零的！谁是我的家人呢？"

叔叔轻轻把胳膊抽出来，拉住萨尔瓦的手："那个营地里还有好多人呢，你会和其中一些人成为朋友，在那里找到家的感觉，他们也需要可以信任的人。"

萨尔瓦摇摇头。如果叔叔不在，营地的生活将是难以想象的。想到这里，他把叔叔的手抓得更紧了。

叔叔静静地站在那里，不再说话。

叔叔知道我的日子一定很难熬，萨尔瓦明白。他不想把我留在那里，但他必须回去，为我们的人作战。我一定不能表现得跟婴儿似的，我一定要努力坚强起来……

萨尔瓦艰难地咽了下口水，说："叔叔，等你回到苏丹，也许会在什么地方见到我的爸爸妈妈，你可以告诉他们我在哪儿，你也可以问问路上遇见的人，卢纳-阿瑞克的人现在都到哪儿去了。"

过了一会儿，叔叔回答说："我当然会这样做，侄子。"

漫漫求水路

萨尔瓦感觉到了一线希望。既然有叔叔帮他寻找家人，或许就有了团聚的可能……

他们挨了两天的饿，水也差不多喝尽了。离开沙漠的念头，是他们继续穿越酷热与沙土的唯一力量。

午后，他们发现了沙漠渐渐远去的第一个证据——一个浅浅的泥水池。这种水不能喝，池边躺着一只死鹳鸟。大家想立刻把那只鸟烤熟了吃掉，萨尔瓦则去帮着捡拾柴火。

在烤那只鸟的时候，萨尔瓦几乎一直盯着它。它只够每个人咬一两口，但他实在等不及了……

跟着，萨尔瓦听见有人在高声说话。他和队伍中的其他人扭过头去，看见六个男人向他们走过来。

当那些男人走近时，萨尔瓦看见他们手中拿着枪和大刀。

他们大喊起来。

"坐下！"

"双手举到头上！"

"全部照做！马上！"

队伍中的所有人立刻坐下去。萨尔瓦害怕武器，他看得出来，其他人也是。

第十章 绝 望

一个男人走到人群中,站在萨尔瓦的叔叔面前。根据那个男人脸上的疤痕,萨尔瓦知道,他是努埃尔部落的。

"你跟那些反对势力是不是一伙的?"那个男人问。

"不是。"萨尔瓦的叔叔回答说。

"你们从哪儿来?要往哪儿去?"

"我们从尼罗河的西边来,"叔叔说,"要去伊坦加的难民营。"

那个男人让萨尔瓦的叔叔站起来,把枪放在原地。另外两个男人把萨尔瓦的叔叔带到几米远的一棵树下,把他绑在树干上。

那个男人在人群中走来走去。要是看到有人拎着手提包,他就会把包打开,把里面的东西通通拿走。他们还命令所有的人脱掉衣服,然后把衣服也拿走了。

萨尔瓦哆嗦起来。尽管还是感到害怕,但他却在旅途中初次意识到,最年轻和最瘦小反倒是一件好事——那个男人不会稀罕他的衣服。

掠夺完衣物之后,他们拿起萨尔瓦叔叔的枪,走到绑着他的那棵树下。

他们既然掠夺完了,也许现在就会离开我们了吧,萨尔瓦想。

他听见他们大笑。

萨尔瓦眼看着一个男人举起枪,瞄准他的叔叔。三声枪响过后,那些男人跑远了。

第十一章 难民营

2008年：南苏丹

那两个陌生人离开村子以后，大家开始清理那两棵树中间的地方。这个活儿可真够费劲的，因为那些小树和灌木必须被烧掉或者连根拔起，那些高高的青草则要用镰刀割，还要用锄头刨。这也是个危险活儿，因为草丛里藏着毒蛇和蝎子。

尼娅仍然每天去两趟水池，每次回家时都能看见，他们干得虽然慢，但清空的地方确实越来越多。

尼娅感到很疑惑，那片地又干又硬，怎么可能在那里找到水呢？

她向德普提出这个问题时，德普摇了摇头。尼娅从他的眼神里看得出来，他也很疑惑。

1985年：南苏丹和埃塞俄比亚

他们把萨尔瓦的叔叔葬在一个不足一米深的坑里，

那个坑是某个动物以前挖出来的。出于对这位前首领的尊敬,他们没有继续赶路,而是为他哀悼了一段时间。

萨尔瓦惊呆了,几乎不能思考。等到能够思考时,他的想法似乎多半是愚蠢的。他感到恼火。他们最后也没吃上饭——那些男人掠夺他们时,别的鸟飞过来,把烤鹳鸟啄得只剩下骨头。

悲痛的时间过得真快,天黑以后没多久,他们就继续赶路了。尽管心头一片茫然,萨尔瓦却惊奇地发现,他比以前走得更快,也更有力了。

马里亚死了。叔叔也死了,就在萨尔瓦的眼前,被那些努埃尔人杀害了。马里亚和叔叔不在身边,而且再也不会陪伴他了,但萨尔瓦知道,他们都希望他活下去,走完这段旅途,平安到达伊坦加难民营。他们似乎把自己的力量给了他,帮助他继续前进。

对于自己的变化,萨尔瓦想不出别的解释。不过,有一点是确定无疑的:虽然悲痛万分,但他感觉自己更坚强了。

既然失去了叔叔的爱护,那群人也就改变了对他的态度。他们再次抱怨他太年轻,太瘦小,会拖慢他们的速度,或者又在沙漠里骂起来,就像上次那样。

没人跟他分享任何东西,不管是食物还是友情。不

第十一章 难民营

久之前，叔叔会跟队伍中的每个人分享他打到的鸟兽，但他们似乎都忘了这一点。萨尔瓦现在只能讨些吃剩的东西，而他们有时连这都舍不得给他。

尽管他们那样对待萨尔瓦，但萨尔瓦反而感觉自己更坚强了。

谁都不愿意帮助我。他们认为，我是个窝囊废。

萨尔瓦骄傲地昂起头。**他们错了，我会证明这点的。**

萨尔瓦从没有在一个地方同时见到过这么多的人。这里的人怎么会这么多呢？

成百上千。成千上万。

男女各成一行，成群结队；或走或停，或坐或蹲，或者蜷腿而卧——因为没有伸腿的地方。

伊坦加难民营里挤满了各种年纪的难民，男女老幼都有，但多数是战争爆发时逃出村庄的男孩子和小伙子。要是他们不逃，就会遇到双重危险：战争和双方的军队。小伙子（有时甚至包括男孩子）经常被迫参加战斗，所以家里和部落的人（包括萨尔瓦的老师）才会一看到战争的迹象就让他们跑进丛林里。

凡是来到难民营的孩子都没有家人的陪伴，所以萨尔瓦也立刻被带到别处，离开了与他同来的人。尽管他们不曾善待他，至少他和他们认识啊。可现在，他感觉前途渺茫，甚至感到害怕，因为他再次来到了一群陌生人当中。

萨尔瓦一边和另外几个男孩慢慢地穿过人群，一边扫视着见到的每一张脸。叔叔说过，谁也搞不清他的家人在什么地方……那么，他们会不会碰巧也在这个营地呢？

萨尔瓦在前面一眼看不到头的人群中寻找着。他感到有些失望，但他握紧拳头，暗暗下定决心。

只要他们在这里，我就一定会找到他们。

行走多日的萨尔瓦发现，他不习惯在同一个地方停留。漫长的旅途中，寻找安全的地方停歇或逗留一直是最重要的事。现在他却留在营地里，这让他感觉烦躁不安，好像又该赶路了似的。

但是营地里不会受到战争的威胁，身边没有拿着枪和大刀的男人，头顶没有携带着炸弹的飞机。进入营地的当晚和第二天早晨，萨尔瓦都吃到了一盘烀熟的玉米。跟在旅途中相比，这里的情况已经好多了。

第二天下午，萨尔瓦在人群中慢慢穿行，最后不知不觉停在营地的栅栏门附近，观察新来的人。营地里似

第十一章 难民营

乎不可能再有空地方了,可是人们还是不断地来到这里。他们排着长队,疲惫不堪地等着进门,有的骨瘦如柴,有的伤病缠身。

萨尔瓦扫视那些面孔时,一个橙色的圆点从眼前闪过,引起了他的注意。

橙色……橙色的头巾……

萨尔瓦跌跌撞撞地挤过人群。有人生气地指责他,但他来不及停下来道歉。他还能看到那个鲜橙色圆点——不错,那是头巾。那个女人背对着他,但跟他的母亲差不多高。他必须赶快追过去,可是路上的人太多了……

萨尔瓦几乎要哭出来了。他不能再失去母亲的踪迹!

第十二章 吉洛河

2008年：南苏丹

一头铁长颈鹿。

红彤彤、大嗓门的长颈鹿。

那头长颈鹿是一台高耸的钻机，两个之前来过的陌生访客把它运进了村子。这次再来时，他们带来了十个工人和两辆卡车——其中一辆装着长颈鹿般的钻机和其他神秘的设备，另一辆装着塑料管。

清理地面的工作还在进行着。他们干活的时候，尼娅的母亲把婴儿绑在背上，和另外几个女人一起走到村子和水池之间的一个地方，捡拾大小不一的石块，再用结实的布包起来，捆成布包。然后，她们头顶布包，走回钻探地，把那些石块通通倒在地上。

其他村民利用向来客借的工具，把石块砸成砾石。尼娅不明白，他们为什么需要那么多的砾石。每一天，砾石堆都在变大。

尼娅每次从水池边回来时，迎接她的都是机器的轰鸣声和锤子的击打声。同这种怪声混在一起的是男人的喊声

第十二章 吉洛河

和女人的歌声——这是人们集体苦干的声音。

可是,这根本不像水的声音。

1985年:埃塞俄比亚,伊坦加难民营

"妈妈,妈妈!等一等!"

萨尔瓦张开嘴巴,想要大喊。可是,他不但没有喊,反而闭上嘴巴,低下头,转身走开了。

那个戴着橙色头巾的女人不是他的母亲。他可以确定,尽管她还在远处,他也没有看到她的脸。

叔叔的话在他的耳边响起:"卢纳-阿瑞克村遭到袭击……烧毁了。没有多少人能够挺过去……谁也不知道他们现在去了什么地方。"

第二次想对那个女人大喊的刹那,萨尔瓦明白了叔叔的真正意思。长期以来,萨尔瓦的心里一直明白,他的家人都已离去。他们不是被枪杀或者炸死,就是饿死或者病死了。至于究竟是怎么死的,那其实不重要。重要的是,萨尔瓦现在孑然一身。

他感觉自己好像站在巨洞的边缘,洞里灌满了虚无缥缈的绝望。

我现在无依无靠了。

全家只剩下我一个。

送他上学,给他带来杧果之类的好东西,相信他能够照看牛群的父亲……总是为他准备食物和牛奶,温柔地抚摸他的脑袋的母亲……与他同欢乐同游戏同放牧的兄弟姐妹……萨尔瓦再也见不到他们了。

没有他们,我怎么活下去呢?

可是,我怎么能不活下去呢?他们会希望我活下去……长成大人,成为有用的人……让他们骄傲……

穿越沙漠的第一天,叔叔是怎么说的来着?

"你瞧见那片灌木了吗?你只需要走到那片灌木跟前……"

一点点前进,每次走一步——叔叔用这个办法帮他穿越了沙漠。也许……也许萨尔瓦可以用同样的办法熬过营地生活呢。

我只需要把今天熬过去,他告诉自己。

只不过是今天而已。

如果那个时候有人告诉萨尔瓦,他将在营地度过六年,他是绝不会相信的。

第十二章　吉洛河

1991年7月：六年以后

"他们要关闭营地了，所有人都得离开。"

"不可能！要我们去哪儿啊？"

"他们就是这么说的，不只是这个营地，所有的营地都要关闭了。"

传言在营地里不胫而走，每个人都惶惶不安。几天以后，不安变成了恐惧。

萨尔瓦现在长成了小伙子，差不多十七岁了。他与营地的救援人员交谈，试图打听跟传言有关的消息。他们告诉他，埃塞俄比亚政府就要垮台了，所有的难民营都是外国救援组织开办的，它们的运作需要政府的许可。要是政府垮台了，新上台的人会对难民营怎么样呢？

得到这样的答复时，谁都没有做好准备。

一个阴雨绵绵的早晨，萨尔瓦走向学校的帐篷，看见几大排卡车开进营地。持枪的士兵纷纷跳下卡车，命令所有人离开。

根据命令，他们不但要离开营地，还要离开埃塞俄比亚。

局面顿时混乱起来。那些难民好像不再是人,而是一大群惊恐的、踩着脚奔跑的两条腿动物。

萨尔瓦立刻陷入涌动的人群之中。数千名难民尖叫着奔跑,裹着他往前冲,他的脚差点儿被带飞离了地面。大雨倾盆不绝,增添了更多的骚动。

士兵朝天空开枪,把人们赶出营地。可是,当萨尔瓦等人来到营地以外时,士兵继续向前驱赶他们,又是叫喊又是鸣枪。

萨尔瓦一边飞奔,一边听着人们的只言片语。

"那儿有条河。"

"他们在把我们撵到河里去。"

萨尔瓦知道,人们说的是吉洛河,那是埃塞俄比亚和苏丹的界河。

他们要把我们赶回苏丹去,萨尔瓦想。**他们要逼我们渡河……**

现在是雨季,吉洛河河水暴涨,水流湍急,残酷无情。

除了水,吉洛河还因另一样东西而闻名。

鳄鱼。

第十三章 信 念

2008年：南苏丹

没有水，你就无法找到水。尼娅觉得，这也太可笑了。他们说，水必须不断地流进钻孔，钻机才能平稳地运转下去。

工人们每天都要开车去水池几次，用管道把池里的水引到一个看起来很像巨型塑料袋的东西里。那个袋子大极了，简直可以把整个卡车底部都装进去呢。

那个袋子上破了个洞，必须给它打上补丁。

很快，补丁上也出现了一个洞，工人们就给补丁也打上补丁。

然后，那个袋子上出现了第二个漏洞。钻探工作不得不停下来。

那些钻探工被没完没了的破洞折磨得泄了气，不想再干下去，他们的首领却不同意。虽然所有的工人都穿着同样的蓝色工作服，但尼娅还是看得出谁是首领，就是那个最先来到村里的两个陌生人之一，另一个似乎是他最重要的副手。

那个首领总是给工人们打气，跟他们说说笑笑。要是这个办法不管用，他就会认真地跟他们交谈，尽量说服他们。要是这也不行，他就会发脾气了。

不过他一般不会发脾气，老是在干活，也让别人一直干下去。

现在，他们又给那个袋子打上补丁。钻探工作继续进行着。

1991年～1992年：埃塞俄比亚—苏丹—肯尼亚

数百人成排地站在河边。士兵们强迫一些人走进水里，用步枪的枪托催促他们，还向空中开枪。

由于害怕那些士兵和他们的枪，一些人自动跳进水里，结果立刻被急流卷向下游。

萨尔瓦蹲在岸边，亲眼看着身边的一个年轻人跳进水里，迅速被急流向下游卷去，但他也顺利地向河对岸游出了一小段距离。

跟着，萨尔瓦看见一条鳄鱼冲进了那个年轻人附近的水域，摆动的尾巴暴露了它的行踪。很快，那个年轻人的脑袋反常地抽动起来，一次，两次……他的

第十三章 信 念

嘴巴张开了,也许是在尖叫,但萨尔瓦无法在嘈杂的人声和雨声中听到他的呼喊……片刻的工夫,他就被拽到了水下。

一团红色污浊了河水。

除了雨下如弹,此刻又多了弹下如雨。士兵们向河中开火,举枪瞄准那些试图横渡的人。

为什么?他们为什么要向我们开枪?

萨尔瓦别无选择。他跳进水中,开始游泳。身边的一个男孩搂住他的脖子,死活不放。萨尔瓦被强行拉到水下,仅仅来得及迅速而短促地吸一口气……

萨尔瓦挣扎起来,连踢带抓。他把我搂得太紧了……我不能……呼吸……空气不够用了……

突然,那个男孩松开手。萨尔瓦得以向上跃起,仰头吸了一大口空气。一时间,除了不断地吸气和呼气,他什么都做不了。

视线渐渐清晰后,他知道那个男孩为什么松手了——他看到那个男孩头朝下漂浮着,鲜血从后脖颈的弹孔里汩汩而出。

萨尔瓦震惊了。他意识到,如果不是被强行拉到水下,他也许就会送命的。可是,现在没有时间惊讶了,更多的鳄鱼已经从岸边游进水里。暴雨、子弹、鳄鱼、挣扎、尖叫、鲜血……他必须想办法游到对岸去。

萨尔瓦不知道在水中游了多久。

好像有几个钟头。

好像有几年。

当感觉脚尖终于碰到烂泥的时候，他拼命地游了最后一下。他爬上河岸，瘫倒下去，躺在烂泥里不断地啜泣和喘息。

以后他会知道，那天渡河时，至少有一千人被淹死、射死，或者被鳄鱼杀死。

他怎么没有成为那一千个人当中的一个呢？为什么他会幸存下来呢？

行走又开始了。可是，走向何处呢？

谁也说不准，萨尔瓦该往哪里去呢？

不能回家——战火依然笼罩着苏丹各地。

不能回埃塞俄比亚去——士兵会射杀我们的。

去肯尼亚吧——那里应该有难民营。

萨尔瓦打定主意，他要往南走，到肯尼亚去。不知到了那里会有什么发现，但他似乎没有更好的选择。

一大群男孩纷纷跟着他走。到了第一天的晚上，萨

第十三章 信 念

尔瓦成了这群一千五百名男孩的首领,尽管谁也没有这样说过。其中有的男孩只有五岁。

那些小孩子让萨尔瓦想起了弟弟库奥勒。他吃惊地意识到,库奥勒不再是那么小的年纪了——现在该有十多岁了!萨尔瓦发现,他只能想起来最后一次看到兄弟姐妹的模样,却想不出他们如今是什么样子。

男孩们穿行在一片仍然遭受战乱的苏丹的土地上。白天的战斗和轰炸是最可怕的,所以萨尔瓦决定让大家昼伏夜行。

他们难以在黑暗中认清方向,时常在走了几天之后才发现,兜了个大圈子。这种情况太多了,萨尔瓦实在说不清,他们究竟走了多少次冤枉路。他们遇到了另外几群男孩,大家结伴南行。每一群男孩都历尽艰险——同伴们或是受伤,或是被枪杀,或是被炸死,或是被野兽杀掉,或是因病弱而掉队。

听到他们的遭遇,萨尔瓦想起了马里亚。他感觉自己越来越坚强,自从叔叔去世以后,他就变得坚强起来。

我要把队伍平安地带到肯尼亚,他想。**不管遇到什么困难。**

他把大家组织起来,给每个人分配一项任务:觅食、拾柴、放哨。找到的任何食物都要大家平均分配。

如果小孩子累得走不动了，大孩子就要轮流背他们。

如果某个男孩不愿意完成任务，萨尔瓦就会跟他们谈心，鼓励他们，哄劝他们。有时，他也不得不厉声说话，甚至大喊，但通常他都尽量不这么做。

萨尔瓦的家人似乎都在帮助他，尽管他们并不在场。他记得当初是怎样照管弟弟库奥勒的，但也记得被迫听从哥哥阿瑞克和里格时会有什么样的感受。此外，他还能想起姐妹的温柔、父亲的坚定和母亲的爱护。

最重要的是，他牢牢记得叔叔在沙漠里是如何鼓励他的。

每次走一步……每次坚持一天，只要今天，只要坚持过今天……

萨尔瓦每天都这样告诉自己，还有队伍中的其他男孩。

队伍向肯尼亚走去，一天又一天的坚持。

终于，一千两百多名男孩平安抵达了肯尼亚。

经过漫长的一年零六个月的时间。

第十四章 希 望

2009年：南苏丹

接连三天，尼娅一家都被钻探声包围着。第三天下午，尼娅与其他孩子一起围着钻探地走来走去。大人们不再锤打石头，而是直起腰，向钻机的另一边走去。

工人们似乎很激动。他们走得飞快，因为首领在高声催促着。然后——

哗！一根水柱射向空中！

这不是工人们通过管道送进钻孔里的水，而是新的水——从钻孔里冒出来的水！

看到水柱，所有人都欢呼起来，跟着哈哈大笑起来，因为刚才一直在钻探的两个工人被浇了个透心凉，衣服全都湿透了。

人群中一个女人唱起了颂歌。尼娅和其他的孩子一起鼓掌。可是，尼娅一边观察钻孔里喷出的水，一边皱起眉头。

那些水不是白色的，而是褐色的，看起来很脏。

水中满是泥浆。

1992年～1996年：肯尼亚，伊福难民营

萨尔瓦现在二十二岁了。过去的五年里，他一直住在肯尼亚北部，先是卡库马难民营，然后是伊福难民营。

卡库马难民营是个与世隔绝的可怕的地方，位于干燥多风的沙漠中间地带，周围是高耸带刺的铁丝网，任何人都不许离开，除非永远不回来，给人的感觉简直跟监狱差不多。

营地里居住着七万人，据说实际人数比这还要多，有八九万呢。没有多少人是跟着全家一起历尽千辛逃过来的。就像埃塞俄比亚的难民营一样，这里的难民多半是无亲无故的男孩和小伙子。

当地居民觉得那个难民营很碍眼，经常溜进去偷盗难民的东西，有时还会引发互有死伤的斗殴。

萨尔瓦在卡库马难民营受了两年的苦之后，决定离开那里。据说从西南往远走会到达另一个难民营，他希望那里的情况会好些。

萨尔瓦和几个小伙子又走了几个月。可是，来到伊福难民营以后，他们发现这里与卡库马难民营的情况几

第十四章 希 望

乎相同。人们都经常饿肚子，食物永远不够吃。很多人得了病，或是在来营地的漫长旅途中受了伤，而志愿帮忙的医生太少了，不可能每个病人都能得到照顾。让萨尔瓦感到幸运的是，至少他什么病都没有。

他渴望工作，赚几个钱，买点额外的食物。他甚至梦想着攒一些钱，留着日后离开营地继续求学时使用。

可是，这里什么工作都没有。他无事可做，只能等待。等待下一顿饭，等待营地之外的消息。日子漫长而又空虚，数天延续为数周，然后是数月，然后是数年。

没有滋养，希望就难以长存。

迈克尔是一名救援人员，来自爱尔兰。萨尔瓦见过无数救援者，他们总是忽来忽去，在营地停留几周，最多几个月。他们来自不同的国家，彼此通常都说英语，但难民多半不会说英语，所以经常与救援人员难以沟通。

萨尔瓦在营地生活了好多年，现在懂一点点英语了，有时还可以试着用英语说话，而迈克尔似乎总能明白萨尔瓦的意思。

一天早饭后，迈克尔跟萨尔瓦交谈起来。

"你似乎挺爱学英语的，"他说，"你想学习阅读吗？"

当天，阅读课就开始了。迈克尔在一小片纸上写了三个字母。

"A，B，C。"他念道，把纸片递给了萨尔瓦。

"A，B，C。"萨尔瓦跟着重复。

那天余下的时间里，萨尔瓦走到哪儿都在说"A，B，C"，通常都是在心里，但有时也会小声地说出来。他把那片纸看了好多次，又用树枝在泥地上一遍遍地写那些字母。

萨尔瓦想起小时候学习阅读阿拉伯语的情景。阿拉伯语共有二十八个字母，英语只有二十六个。英语字母是互相独立的，所以很容易分辨。阿拉伯语字母总是连着写（一个字母会因为它前面或者后面的字母而不同）。

"你确实学得不错，"萨尔瓦学会写出自己名字的那一天，迈克尔说，"你学得挺快，因为你特别用功。"

萨尔瓦没有把心里话说出来——他之所以那么用功，是因为他想在迈克尔离开营地之前学会阅读英文。萨尔瓦不知道，别的救援人员是否同迈克尔一样，愿意花时间教他学英语。

"不过，偶尔休息一会儿对学习是有帮助的。咱们

第十四章 希望

做点儿跟这个不太一样的事情来调剂一下吧。我想，你会很擅长这个，因为你的个子很高大。"

于是，萨尔瓦从迈克尔那里学到了两样本领：阅读英文和打排球。

一个传言在整个营地散播开。起初它就像低语，但萨尔瓦很快觉得，它就像回荡在耳边的吼声。除了它，萨尔瓦什么都不想。

美国。

美利坚合众国。

据说，在难民营三千余名男孩和小伙子当中，将会有少数人得到去美国生活的机会！

萨尔瓦简直不敢相信这个传言。这怎么可能是真的呢？他们怎么可能去美国呢？他们要住在什么地方呢？这肯定是不可能的……

可是，几天以后，救援人员证实了这个消息。于是，大家都只谈论这一件事。

"他们只想要没毛病的。如果得了病，他们就不会要你。"

"要是你跟那些反对势力一起当过兵，他们就不会选你。"

漫漫求水路

"只有孤儿才会被选中。要是你还有家人,那就只能留在这里了。"

几周过去了,跟着是几个月。一天,营地管理部门的帐篷上贴出了通告。那只是一份名单,如果你的名字在名单里,你就可以成功地走到下一步:接受面谈。面谈之后,你也许会到美国去。

萨尔瓦的名字不在名单里。

也不在第二次、第三次贴出的名单里。

很多比萨尔瓦年轻的男孩都被选中了。**也许美国不想要年纪太大的人**,他想。

每次看见新贴出的名单,萨尔瓦读着那些名字,都会紧张得心怦怦乱跳。他不想丧失希望,与此同时,他也不想抱有太多的希望。

有时,他感觉自己好像被有希望和没希望撕成了两半。

一个刮着大风的下午,迈克尔急急忙忙地走进萨尔瓦的帐篷。

"萨尔瓦!快去看!你的名字在今天的名单上!"

萨尔瓦猛地站起来,还没等他的朋友说完就跑了出去。快到管理部门的帐篷时,他放慢脚步,想要喘

第十四章 希 望

口气。

他也许看错了,那也许是另一个叫萨尔瓦的人。我不想马上看……我也许可以从远处看到跟我的名字相似的名字,我还要再确认一下……

萨尔瓦挤过人群,站在名单前。他慢慢地抬起头,读着那些名字。

在那儿呢!

萨尔瓦·杜特——纽约州,罗切斯特市。

萨尔瓦要到纽约去了。

他要去美国啦!

第十五章 新 生

2009年：南苏丹

即使钻孔里冒出来的泥水是褐色的，有些小男孩还是想马上就喝一口，但却被他们的母亲拦住了。工人们继续用钻机干活，他们的首领与尼娅的伯父、父亲和几个村民交谈起来。

后来，尼娅的哥哥德普把情况解释给她听。"别担心！"他说，"水里有泥浆，是因为从水池弄来的旧水还混在新水里。他们要钻得更深些，深到可以打出地下的清水，然后把管子插进去，用砾石做地基，再安上水泵，给水泵周围灌上水泥，等水泥干透就好了。"

再等几天就能喝到水了，德普说。

尼娅叹口气，拎起大大的塑料水桶。在那之前，她还得去水池。

第十五章 新 生

1996年：肯尼亚，内罗毕——纽约州，罗切斯特

他们都在那场战争中失去了家庭和家人，他们到处游荡，迷失方向，每次进入难民营都要经历数周或数月的时间，所以，美国人称他们是"迷失的男孩"。

一个救援人员向萨尔瓦和另外八个将要与他同行的男孩解释这个称呼。她基本都讲英语，偶尔说一两句阿拉伯语，但说得不够好。她尽量放慢语速，可是需要告诉他们的事情太多了，萨尔瓦担心也许会听错某些重要的内容。

他们坐上卡车，从伊福难民营来到位于肯尼亚首都内罗毕的事务处理中心。他们要填写无穷无尽的表格，还要拍照和体检。

萨尔瓦感觉一切都很恍惚，因为他激动得睡不着，睡眠不足又让他累得搞不清正在发生的一切。

可是，有一刻他是清醒的——就是得到新衣服的时候。他在营地里穿的是旧短裤和比短裤更旧的T恤衫。虽然他穿得特别当心，T恤衫上还是破了几个小窟窿，短裤的裤腰也被拉松并且磨旧了。每当收到捐赠的衣服，营地的工作人员就会把它们分发出去，但需要衣服

的人总是太多。

而现在,萨尔瓦的胳膊上搭着一摞新衣服。内衣、袜子、长裤、T恤衫、可以套在外面穿的长袖衬衫。除此之外,他还得到了一双运动鞋呢。他把这些衣服和鞋子通通穿上了!

"在美国,现在是冬天。"那个救援人员说。

"冬天?"萨尔瓦重复道。

"对,很冷。到了纽约,你会得到更多的衣服。"

更多的衣服?萨尔瓦摇摇头。我怎么穿得下更多的衣服呢?

在内罗毕登上飞机时,萨尔瓦几乎不敢相信自己的眼睛。每个人都有座位,而且有行李。那么多的人,几百张铺着软垫的座椅,再加上那么多的行李,飞机怎么能飞得起来呢?

不知道怎么搞的,飞机起飞了——不是像鸟儿那样,快速拍拍翅膀就轻松地飞起来,而是在引擎的尖叫和咆哮声里沿着长长的跑道笨拙地前行着,好像它在升空之前必须全力试飞似的。

飞机平稳地进入空中以后,萨尔瓦望着小窗外的风景。世界那么大,世间万物却是那么小!大片的森林和

第十五章 新 生

沙漠变成了几小片绿色和褐色。汽车在路上爬行着，仿佛成排的蚂蚁。下面的人可能有好几千，他却连一个都瞧不见。

"你想喝点儿什么？"

萨尔瓦抬头看了看那个穿着整洁制服的女人。他摇摇头，表示没听懂。她笑了，问他："可口可乐？橘子汁？"

可口可乐！很久以前，萨尔瓦的父亲从集市上给他买过几瓶。萨尔瓦第一次喝的时候一直感到惊讶，每个泡泡都在嘴里蹦来蹦去！多么难得的享受啊！

"可口可乐，谢谢！"萨尔瓦说。每呷一口，他都会想起家人互相传递瓶子的样子，被令人发痒的泡泡逗笑的样子，分享与同乐……

要想到达萨尔瓦的新家，不止需要一架飞机，也不止两架，而是三架。第一架飞机从内罗毕飞到法兰克福，进入了一个叫德国的国家。随着惊人的碰撞声，飞机着陆了，然后猛地停下来，把萨尔瓦从座位里抛向前面，他的肚子被安全带勒得紧紧的。第二架飞机从法兰克福飞到了纽约，也是突然着陆的，但萨尔瓦这次有了准备，他牢牢地抓住了两边的扶手。

漫漫求水路

在纽约，那个救援人员把几个男孩领到不同房子的门口。有的男孩将会独自走完旅途的最后一段路，其他男孩将会三三两两地同行。萨尔瓦是唯一去罗切斯特的。那个救援人员说，新的家人会在那里等他。

在前往罗切斯特的飞机上，乘客多数是独自旅行的男子，但也有几个妇女和几家人——父母与孩子。大部分乘客是白人，萨尔瓦是在法兰克福机场开始见到他们的。把他以前见过的白人加到一起，也没有刚刚这几个钟头里见过的多。

虽然他尽量不去盯着人家，但还是忍不住仔细打量那些全家旅行的人。他一遍遍地寻思着：

要是我的新家人不在那里呢？要是他们改变了主意呢？要是他们见了面就讨厌我呢？

萨尔瓦深吸一口气。**每次走一步**，他提醒自己，**目前看来，只要坚持到这次飞行结束……**

飞机终于着陆了。轮子尖叫的时候，萨尔瓦抓紧扶手，振作精神，为下一步做好准备。

他们在那里，正在机场大厅微笑挥手呢——萨尔瓦的新家人！养父克里斯，养母路易丝，还有他们的四个孩子。萨尔瓦又有兄弟姐妹了，就像从前一样。看到那

第十五章 新 生

些期待的笑脸，他感觉自己紧张的肩膀放松了一些。

萨尔瓦说了好多次"你好"和"谢谢"，因为在疲劳和慌乱之中，他觉得只有这些词是肯定不会说错的。他听不懂别人的话，尤其是路易丝的。她说得飞快，起初他甚至都拿不准她是不是在说英语。

不错，他们确实为他带来了更多的衣物。肥大的夹克、帽子、围巾和手套。他穿上夹克，拉上拉链。夹克的袖子太重了，就连动动胳膊都挺费劲的。他不知道自己现在是不是显得傻乎乎的，因为他的上半身穿得那么肥，下半身却穿得那么瘦。可是，没有一个家人笑话他。而且他很快就注意到，他们也穿着同样肥大的夹克。

机场大厅的玻璃门滑开了，寒风击打着萨尔瓦的脸，好像扇了他一巴掌似的。他还是头一次感到这么冷呢！他在非洲住过的地方，气温差不多总是在 21℃ 以上。

萨尔瓦吸气时，几乎觉得他的肺一定会被冻住，再也不能运转了。可是，他周围的人们还是边走边谈，到处走动。看起来，在这么冷的天气里确实有可能活下去。而他现在也明白，为什么要穿带垫肩的厚夹克了。

萨尔瓦在终点站的门里静静地站了一会儿。他感觉，离开机场就好像永远离开了过去的生活——苏丹、他的村子和家人……

他的眼里涌出了泪水，也许是由于从敞开的门吹进的寒风吧。他的新家人已经走到门外，都在扭头看着他。

萨尔瓦眨掉泪水，朝着在美国的新生活迈出第一步。

第十六章 意 外

2009年：南苏丹

看见第一股水的激动心情过去以后，村民们又回去干活了。几个男人扛着锄头、铁锹和大镰刀，聚集在尼娅家的前面。

她的父亲出去接待那些人。他们一起走到第二棵大树前的一个地方，开始清理地面。

尼娅看了他们一会儿。父亲看到她，向她招手。她放下塑料水桶，向父亲跑过去。

"爸爸，你在干什么呢？"

"清理这块地，为建造工作做准备。"

"建造什么呢？"

尼娅的父亲笑了，说："你猜？"

1996—2003年：纽约州，罗切斯特

萨尔瓦在罗切斯特生活了将近一个月，却没有见到

漫漫求水路

一条土路。跟南苏丹的路不同，美国的每条路似乎都是铺砌过的。有时，汽车开得简直太快了。他惊讶地想，行人怎么能安全地走到路对面呢？养父克里斯告诉他，他的新家附近是没有土路的，但郊外有。

所有建筑物都有电力供应。到处都是白人。每次下雪都会下几个钟头，积雪在地面上可以留存好些天。有时，积雪在白天就会融化，但在彻底消失之前又会下一场雪。养母路易丝告诉他，大概要等到四月，也就是三个月以后，才会不再下雪。

新生活刚开始的那几个星期，萨尔瓦被搞得十分困惑，幸亏他还能够学习。他的功课，尤其是英语课，每次都可以让他集中精神，帮他消除一些困惑。

新的家人也在帮助他。他们都对他很好，总是耐心地解释着他必须明白的无数问题。

从伊福难民营到他在纽约州的新家只需要四天的时间。有时，他几乎不能相信，他是不是还在同一个地球上。

现在，萨尔瓦学习的可不只是几个简单的词汇了。他发现，英语实在让人摸不着头脑。比如说，"ough"这四个字母，在"rough"（粗暴的）、"though"（尽

第十六章 意 外

管）、"fought"（战斗）、"through"（穿过）、"bough"（大树枝）这五个单词里都能看到，发音却大不相同。他也不明白，单词为什么要在不同的句子里出现不同的变化。如果你说"chickens"（鸡，可数名词），指的就是那种可以走动、打鸣或下蛋的活家禽。可是，如果你说"chicken"（鸡肉，不可数名词）——单词末尾没有构成复数形式的"s"，指的就是你放在盘子里准备吃掉的鸡肉。所以，即使炖了一百只鸡，你也要这样说才对："We're having chicken for dinner."（今晚我们吃鸡肉。）

有时，他都怀疑自己还能不能说好并且读懂英语了。可是，经过数月乃至数年的苦学之后，他的英语水平慢慢地提高了。萨尔瓦一直记得迈克尔，而且还参加了排球队。就像在营地时一样，打排球让他感到开心。你可以用任何语言表达传球和扣球，但它们的动作却不会改变。

现在，萨尔瓦已经在罗切斯特生活了六年多。他打算上大学，攻读商科。他隐隐预感到，日后是要回到苏丹去，帮助那里的居民的。

他有时觉得，这个想法似乎不可能成为现实。他的祖国到处是战乱、破坏、贫困、疾病和饥荒。很多困难就连政府、富人或大型救援组织都没有办法解决，他又能帮上什么忙呢？萨尔瓦对这个问题琢磨了很久，却想不出解决的办法。

一天晚上，萨尔瓦结束了一天漫长的学习。他坐在电脑跟前，打开电子信箱，惊讶地收到一个几乎不认识的表兄写来的电子邮件。这位表兄在津巴布韦一家救援机构工作。

萨尔瓦点击鼠标，打开邮件。他的眼睛看到了那些话，但大脑却无法马上领悟它们的意思。

"……联合国开办的医院……令尊……腹部手术……"

萨尔瓦把那些话读了一遍又一遍，然后猛地站起来，跑出房间，找到克里斯和路易丝。

"我的父亲！"他大喊，"他们找到了我的父亲！"

互通了几次电子邮件以后，萨尔瓦明白了，表兄其实并没有看到或听到有关他父亲的消息。他只知道萨尔瓦的父亲住进去的那家医院位于南苏丹的一个偏远地区，那里没有电话，也没有邮政服务系统，无法与外界进行沟通。那家医院的人保留了所有就诊病人的名单，又把名单提交给联合国的救援机构。由于在联合国的一家救援机构工作，表兄在那家医院提交的病人名单上看

第十六章 意　外

到了萨尔瓦父亲的名字。

萨尔瓦准备立刻去苏丹。可是，由于战火还在肆虐，这件事十分棘手。他必须获得批准，填写许多表格，还要在没有机场或公路的地区特别安排飞机和汽车。

萨尔瓦、克里斯和路易丝花了几个钟头的时间，给各个机构和部门打电话。要想一切准备就绪，不止需要几天或几周，而是几个月。在这段时间里，他们根本无法与那家医院取得联系。萨尔瓦有时觉得，无数次的延期和挫折就快让他抓狂了——**要是我父亲离开了医院却没有对任何人透露去向呢？要是我去得太晚了呢？我永远都不会再找到他的……**

最后，所有的表格都填完了，所有书面工作都做好了，萨尔瓦先坐飞机来到纽约，再换另一架飞机抵达阿姆斯特丹，从那里坐上第三架飞机，前往乌干达首都坎帕拉。在坎帕拉，他用了两天的时间才通过海关和移民局的检查。然后，他坐上一架小飞机，来到南苏丹的朱巴。在朱巴，他坐进吉普车，顺着灰扑扑的土路进入丛林。

一切都那么熟悉，却又那么不同！不曾铺砌的路、低矮的灌木与大树、屋顶用树枝搭成的小房子——这里的一切与萨尔瓦记忆中的完全相同，好像他仅仅离开了一天似的。虽然如此，他在苏丹的生活却变成了久远的记忆。记忆怎么能这么近,却又那么远呢?

吉普车在土路上颠簸行驶了许多小时以后,差不多奔波了一周的萨尔瓦疲惫不堪地走进被那家临时医院当作恢复室的小棚屋。一个白人妇女站起来,向他打招呼。

"你好!"他说,"我想找一个病人,他的名字是马维恩·杜特·阿瑞克。"

第十七章 重 返

2009:南苏丹

"你认为,我们要在这里建造什么呢?"尼娅的父亲笑眯眯地问。

"房子?"尼娅猜,"要不就是谷仓。"

父亲摇摇头。

"比那些还要棒,"他说,"是学校。"

尼娅惊讶得瞪大了眼睛。要知道离家最近的学校也有半天的路程呢。她清楚这一点,是因为哥哥德普想去那里上学,却嫌路太远。

"学校?"她重复说。

"对,"父亲回答说,"这里有了水井以后,谁都不用再去水池打水了。因此,所有的孩子都可以上学了。"

尼娅盯着父亲,张着嘴巴,却什么都说不出。等到终于能够说话时,她只能小声说:"所有的孩子?爸爸,女孩也可以吗?"

父亲的笑容变得更灿烂了。

"是的,尼娅,女孩也可以,"他说,"现在去给我们打水吧。"

说完,他继续去割高高的青草。

尼娅回到家,拎起塑料水桶,感觉自己好像正在飞翔。学校!她就要学会读书写字啦!

2003—2007年:苏丹;纽约州,罗切斯特

在拥挤的医院里,萨尔瓦站在一张病床的床脚前。

"你好。"他说。

"你好。"那个病人礼貌地回答。

"我来看你了。"萨尔瓦说。

"看我?"那个人皱起眉头,"可是,你是谁呢?"

"你是马维恩·杜特·阿瑞克,对不对?"

"对,那是我的名字。"

萨尔瓦脸上露出笑容,心却在颤抖。即使父亲现在变老了,萨尔瓦还是一眼就认出了他。可是,好像眼睛需要耳朵帮忙似的。他需要亲耳听到父亲的声音,才能相信父亲确实还活着。

"我是你的儿子!我是萨尔瓦啊!"

那个人看着萨尔瓦,摇了摇头。

第十七章 重 返

"不,不可能。"

"真的,"萨尔瓦说,"真的是我,爸爸。"说着他走到床边。

马维恩·杜特伸出手,碰了碰身边这位高个子的陌生人的胳膊。

"萨尔瓦?"他低声说,"真的是你吗?"

萨尔瓦等待着。马维恩·杜特对着儿子看了好半天,然后大喊起来:"萨尔瓦!我的儿子,我的儿子!"

他伸出双臂,紧紧地搂住萨尔瓦,因为欢喜过度,哭得身子一颤一颤的。

他们差不多阔别了十九年。

马维恩·杜特把水洒到儿子的头上,这是丁卡人为找回来的失踪者进行祈福的方式。

"每个人都认定你已经死了,"马维恩·杜特说,"村里本来想为你宰一头牛的。"

这是丁卡人对心爱的死者表示哀悼的方式。

"我不许他们那么做,"父亲说,"我一直相信,你还在什么地方活着。"

"可是……妈妈呢?"萨尔瓦问,几乎不敢有什么指望。

父亲笑了，说："她回村了。"

萨尔瓦一时间激动得既想笑又想哭："我要去看她！"

父亲却摇了摇头："卢纳-阿瑞克村附近还在打仗呢，我的儿子，要是你去了那里，两边的人都会强迫你替他们打仗的！你千万别去。"

父子俩要说的话实在太多了。父亲告诉萨尔瓦，他的姐妹和母亲在一起。他的三个兄弟当中，只有里格在战争中幸免于难，大哥阿瑞克和弟弟库奥勒都已经死去。小库奥勒……萨尔瓦闭上眼睛，透过时光与悲伤的迷雾，竭力回想着大哥和弟弟的样子。

萨尔瓦知道了父亲的病因。由于多年饮用脏水，马维恩·杜特的整个消化系统布满了几内亚龙线虫。为了来到这家医院，他拖着病弱的身体，走了将近三百千米，最后到达时几乎快死了。

萨尔瓦陪了父亲好几天。然而，时间过得飞快，他该返回美国了。父亲不久也将要出院，因为手术非常成功，他很快就会恢复强壮，足以走完回家的长路。

"一等那里安全了，我就会回村。"萨尔瓦保证说。

"我们都会在那里等着你。"父亲也做出了保证。

拥抱告别时，萨尔瓦与父亲脸贴着脸，彼此的泪水滚滚而出，交汇在一起。

第十七章 重 返

在返回美国的飞机上,萨尔瓦默默地重温着与父亲会面的每个时刻。他想起了父亲为他洒水祈福的情景,额头上又有了一丝凉爽的感觉。

这时,他有了一个想法——也许真的能够帮助到苏丹人民。

他能办到吗?这个项目的工作量一定非常大!恐怕很难完成吧。可是,如果不去尝试的话,又怎么知道结果呢?

回到罗切斯特以后,萨尔瓦开始琢磨他想到的项目。有待解决的问题似乎足有上百万个。他需要广泛的帮助。克里斯和路易丝给他提了不少建议。他们的朋友斯科特是许多项目的策划专家,曾经策划过萨尔瓦想到的那个项目。他和萨尔瓦共同研究了几个小时,然后是几天,后来又花费了几周乃至几个月的时间。

这段时间里,萨尔瓦遇到了其他愿意帮忙的人。他由衷地感谢每一个人。可是,即便有他们帮忙,工作的繁重还是超出了他的想象。

萨尔瓦必须为这个项目筹集资金,而筹资方式只有一种:他必须和不同的人谈话,请求他们捐款。

萨尔瓦第一次当众讲话是在一所学校的餐厅里,听众有一百来人。餐厅的前面有一个麦克风,萨尔瓦走向麦克风,紧张得两腿直打哆嗦。他知道,他的英语说得还不够好。要是发音不对怎么办?要是听众听不懂他的话怎么办?

可是,他别无选择。要是把这个项目憋在心里,别人就不能了解它。要是没有人捐款,这个项目就永远不能完成。

萨尔瓦冲着麦克风说起来:"大……大家好。"

就在这时,音响系统大概出了什么毛病。他身后的扬声器发出了刺耳的尖叫。萨尔瓦吓了一跳,麦克风差点儿从手里掉下去。

他看着听众,双手发抖。人们正在微笑或偷笑,有几个孩子捂住了耳朵。他们看起来都很友善,而看到那些孩子他才想起来,这不是他第一次面对这么多人讲话。

多年以前,在率领那些男孩从埃塞俄比亚走向肯尼亚的难民营时,他会分别在早上和晚上给大家开会。男孩们在他面前排成队,听他宣布他们的计划。

那时,所有的眼睛都在看着他,每张脸上的表情都表示,他们很想听听他要怎么说。这里的情况也一样。听众之所以来到这所学校的餐厅里,就是因为他们想要听他讲话。想到这里,他感觉没那么紧张了,又冲着麦

第十七章 重 返

克风说起来。

"大家好!"他重复说。这次扩音器里再也没有杂音了,他欣慰地笑了,继续往下讲,"我到这里来,是想跟大家谈一个帮助南苏丹的项目。"

一年过去了,然后是两年,三年。萨尔瓦对着几百人讲过话——在教堂,在市政机构,在学校。他能把自己的想法变成现实吗?每当发现自己正在丧失信心时,萨尔瓦就会深吸一口气,想起叔叔的话。

每次走一步。

每次解决一个问题——只要把这个问题解决就行了。

通过这个办法,萨尔瓦一天天地朝着目标迈进。

第十八章 相 逢

2009年：南苏丹

尼娅拿着一个塑料瓶，在队伍中等待着。

打井工作终于结束了，砾石地基已经铺好，水泵安装完毕，水泥已经浇上去而且干透了。

村民们聚集在水泵周围，等着第一次打水。工人的首领展开蓝帆布做的大横幅，帆布上写着英语，他向尼娅的伯父做了解释。

伯父又转告给每个人："那上面写的是'向榆树街学校致敬'，榆树街学校在美国，为了打这口井，那所学校的学生捐了款。"

伯父举起横幅的一头，工人的首领举起另一头，其他人站在横幅附近，一个工人为他们拍照。这张照片会送到美国的那所学校，让那些学生看到水井和现在使用它的人。

随后，村民们排成队，等着轮流从新井里打水。

排到队伍的最前面时，尼娅害羞地朝伯父笑了笑。伯父暂停手头的工作，也对她露出笑容。然后，他开始移动

第十八章 相 逢

水泵的手柄，一上一下，一上一下……

水从水泵的出口里流出来。

尼娅把塑料瓶拿到水泵的出口下面，瓶子很快就装满了。

她走到一旁，让其他人继续接水。然后，她呷了一口水。

真好喝！井里的水又清又凉，水池里的却又脏又热。

尼娅喝完之后举起瓶子，观察瓶里的水。真奇怪，什么颜色都没有，却是那么好看。

她又呷了几口水，然后望着四周。

每个人都拿着瓶子或杯子。他们都在喝好喝的井水，或者排队等打水，或者说说笑笑。这简直是庆祝活动呢！

一位站在尼娅附近的老人摇摇头，大声说："过去咱们老是凑到这个地方，点起篝火，开庆祝会。我在这里坐了一辈子，却从来都不知道，我的屁股底下会有这么好喝的水！"

老人周围的每个人都笑起来，尼娅也笑了。

再过几天，学校就盖好了，尼娅、德普、阿卡和其他孩子都能去上学了。明年，这里还会有一个集市，村民们可以在集市上买卖蔬菜、活鸡和其他货物。据说以后还会有医院呢。有了医院，人们就不用走到那么远的地方求助了，像阿卡得病时那样。

那口井正在把所有的好事带给全村。

可是，那口井不仅仅归他们自己使用。方圆千里的人都会来这里，取用好喝的清水。尼娅听大人们说，那位首领签订了好多打井协议呢。谁也不会对水说不的。有些村民将会负责维护那口井，这个新工作会让他们变得忙碌起来，所以全村都要帮助他们种地和放牛，有些村民（包括尼娅的伯父在内）会解决因此引起的任何纠纷。

那口井将会从许多方面改变他们的生活。

我再也不用走到水池那里打水啦，尼娅想。

她溜达了一会儿，边走边啜饮清凉的水。然后，她看见了工人的首领。他独自站在一旁，倚着一辆卡车，正在看她的伯父抽水。

尼娅的哥哥德普发现妹妹正在看着那个男人。

"他是那些工人的头头儿，"德普说，"知道吗，他是丁卡人！"

尼娅吃惊地望着德普。

丁卡人和努埃尔人长得没有什么差别，只有通过脸上的疤痕形状才能区分彼此，因为丁卡人的疤痕形状和努埃尔人的不一样。

可是，那个首领的脸上没有疤痕。尼娅听几个大男孩议论过这件事——他明明是大人，脸上怎么会没有疤痕

第十八章 相逢

呢？那个首领的副手是努埃尔人，多数工人也是，因为他们的脸上都有努埃尔人的疤痕。尼娅以前没怎么想过这件事，现在却意识到，她一直把那个首领也看成努埃尔人了。

丁卡人和努埃尔人是仇敌啊，他们双方已经争斗了几百年……

"丁卡人为什么会给我们打井呢？"她纳闷地问。

"我听伯伯和爸爸谈论过，"德普说，"他为自己的族人打了好多的井。今年他决定，也为努埃尔人打井。"

德普的话其实不能算是回答。也许他不知道答案吧，她想。可是，她现在觉得应该做点儿什么。

她走到那个独自站着的男人身旁。他起先没有注意到尼娅，所以尼娅静静地等着。

然后，他看到了她。"你好。"他说。

尼娅感到一阵害羞。一时间，她不知道该说些什么。她低头看看地面，又看看还在从水泵出口里流出来的水。

然后，她可以说话了。

"谢谢你，"她勇敢地抬起头看着他，说，"你为我们打出了水井，谢谢你。"

那个男人笑了，问道："你叫什么名字？"

"我叫尼娅。"

"很高兴认识你，尼娅，"他说，"我叫萨尔瓦。"

萨尔瓦·杜特的话

这本书是琳达女士根据我的真实经历写出来的。我希望更多的人可以因此了解"迷失的男孩"和苏丹的情况。

我出生在南苏丹的通季县——一个叫卢纳-阿瑞克的小村庄。就像这本书里写的那样,来到美国以前,我在埃塞俄比亚和肯尼亚的难民营里生活了许多年。

我要向许多人表示感谢。感谢联合国和国际红十字会,在我快要饿死的时候,得到了他们的救援。感谢穆尔一家,还有纽约州罗切斯特市的公众,他们对我来到美国表示了欢迎。我也要感谢我获得的教育,尤其是门罗社区学院所给予的。

我还要由衷地感谢那些为"为苏丹供水"项目提供帮助的学校、公益组织、市政机构和美国各地的公众。

我要特别感谢"为苏丹供水"基金会。正是因为这些人无私的帮助，我的梦想——帮助苏丹家乡的人们，才有可能成为现实。

凭着希望与坚持，我战胜了过去所有艰难的困境，如果没有这两样东西，我就不会取得成功。我想对年轻人说的是：当你的境遇变得艰难或者坎坷时，请一定要保持冷静。如果能坚持不懈而不是听天由命，你就会渡过难关。听天由命会带走生命中的幸福，坚持和希望却恰好相反。

于纽约州，罗切斯特市
萨尔瓦·杜特
2010年

作者后记

在这个故事中,某些细节源于虚构,但主要事件是根据萨尔瓦的亲身经历写出来的。我读了他的自述文字,和他面对面交谈了很长时间,又读了那些有关"迷失的男孩"的书籍和报道。书中关于尼娅的部分,我对一些旅行家进行过访谈,他们在和尼娅家类似的村子里见过打井的情景;此外,旅行家们拍摄的录像短片和照片对我的写作也有所裨益。

本书中提到的那场武装冲突爆发于1983年,被称为"第二次苏丹内战"。内战期间,许多派系卷入战争,领导权频繁更迭。

数百万人遭到杀戮、囚禁、拷打、绑架或奴役,更有数百万人永远背井离乡,故土难回。在背井离乡者之中,有数十万像萨尔瓦这样的"迷失的男孩",他们不顾一切地穿越南苏丹、埃塞俄比亚和肯尼亚，寻找避难的地方。

许多"迷失的男孩"虽能在战后回家，但却发现家人已经不见了。其他人则被迫滞留在难民营里，就像萨尔瓦曾经那样。有些人终于和所爱的人团聚了，而彼此分别的时间往往都超过十年。

2002年，在那次内战爆发了将近二十年之后，美国政府通过了《苏丹和平法》，正式控告苏丹政府实行种族大屠杀，导致两百多万人死亡。2005年，苏丹的北方与南方签订《全面和平协定》，给予南方自治权，允许他们自行管理，六年后再举行全民公决，由南方公民投票决定是否与北方分离，成为独立国家。

苏丹西部的达尔富尔战争属于另外一个武装冲突，

不在《全面和平协定》的范围之内。直到写作此书时，达尔富尔战争还在阿拉伯裔与非洲裔部落之间继续。两场战争再加上数年的严重旱灾，给苏丹人民造成了无法估量的损失。

从面积看，苏丹是非洲最大的国家[①]，也是世界第十大国家。

本书中的故事结束以后，萨尔瓦又去苏丹探望了家人两次，其中还有一次与堂兄弟——杰维尔叔叔的孩子们——的感人的聚会。令人难以置信的是，七个曾经和萨尔瓦从埃塞俄比亚走到肯尼亚的"迷失的男孩"，不但也移居到纽约州的罗切斯特，而且还与萨尔瓦重逢了。

到2009年12月，萨尔瓦·杜特的"为苏丹供水"基金会已经在南苏丹为丁卡人和努埃尔人打出四十三口

[①] 译注：此书在美国的初版时间是2010年11月，当时的南苏丹未独立。2011年7月9日，南苏丹正式宣布独立。从面积看，苏丹如今是非洲第三大国，世界第十六大国。

水井。第一口水井是在萨尔瓦的老家卢纳-阿瑞克村打出来的。萨尔瓦现在每年都会用半年的时间在美国为基金会筹措资金，再用半年的时间去南苏丹打井。想了解这个基金会的更多情况，你可以登录这个网站：www.waterforsudan.org。

几年前，我第一次与萨尔瓦见面。随后，我和我的丈夫知道了"为苏丹供水"项目。2008年，我的丈夫去苏丹旅行，目睹了当地打井的情景。我要对他表示感谢，因为他解答了我没完没了的问题。假如没有他的帮助，我就写不出这个故事。

我和我的家人为可以和萨尔瓦成为朋友而深感荣幸。创作这本与他有关的书，亦是我的荣幸！

A LONG WALK TO WATER
by Linda Sue Park
Copyright © 2010 by Linda Sue Park
Simplified Chinese translation copyright © 2020
by Beijing Dandelion Children's Book House Co., Ltd.
Published by arrangement with Curtis Brown Ltd.
through Bardon-Chinese Media Agency
ALL RIGHTS RESERVED

图书在版编目（CIP）数据

漫漫求水路 /（美）帕克著；肖毛译. -- 贵阳：贵州人民出版社，2015.10（2025.2 重印）
 ISBN 978-7-221-12732-7

Ⅰ. ①漫… Ⅱ. ①帕… ②肖… Ⅲ. ①儿童文学—纪实小说—美国—现代 Ⅳ. ①I712.84

中国版本图书馆CIP数据核字（2015）第226756号

MANMAN QIUSHUILU
漫漫求水路
［美］琳达·休·帕克 著 肖毛 译

出版人	朱文迅	策　划	蒲公英童书馆
责任编辑	颜小鹂	装帧设计	曾　念　王学媛　责任印制　郑海鸥

出版发行　贵州出版集团　贵州人民出版社
地　　址　贵阳市观山湖区中天会展城会展东路SOHO公寓A座（010-85805785　编辑部）
印　　刷　鸿博昊天科技有限公司（010-87563716）
版　　次　2016年2月第1版
印　　次　2025年2月第18次印刷
开　　本　889毫米×1250毫米　1/32
印　　张　3.75
字　　数　63千字
书　　号　ISBN 978-7-221-12732-7
定　　价　26.00元

如发现图书印装质量问题，请与印刷厂联系调换；版权所有，翻版必究；未经许可，不得转载。
质量监督电话　010-85805785-8015